骑五花马
披千金裘

杨小果 著

海天出版社（中国·深圳）

图书在版编目（CIP）数据

骑五花马　披千金裘 / 杨小果著. — 深圳：海天
出版社，2016.8

ISBN 978-7-5507-1631-5

Ⅰ.①骑… Ⅱ.①杨… Ⅲ.①散文集－中国－当代
Ⅳ.①I267

中国版本图书馆CIP数据核字(2016)第108735号

骑五花马 披千金裘
QI WUHUAMA　PI QIANJINQIU

出 品 人　聂雄前
责任编辑　林凌珠
责任校对　赖静怡
责任技编　蔡梅琴
封面设计　张可欣

出版发行　海天出版社
地　　址　深圳市彩田南路海天综合大厦7-8层（518033）
网　　址　http://www.htph.com.cn
订购电话　0755-83460202(批发)　83460239(邮购)
设计制作　深圳市知行格致文化传播有限公司　Tel：0755-83464427
印　　刷　深圳市华信图文印务有限公司
开　　本　889mm×1194mm 1/32
印　　张　6.5
字　　数　104千字
版　　次　2016年8月第1版
印　　次　2016年8月第1次
印　　数　1-7000册
定　　价　35.00元

海天版图书版权所有，侵权必究。
海天版图书凡有印装质量问题，请随时向承印厂调换。

答黑屋里醒来的恐龙

我对出这本书的热情并不高。

就像两年多前半夜吊水，大约是吊坏了脑子，突然申请了一个公众号，空空地丢在那里两年多。我有随手丢，随手忘却的习惯，理由很简单，1. 当下大过流逝；2. 我乐意大过我应该。

综上所述，所以热情不高。两年后登录上去一看，小黑屋里居然还有不少人，说诈尸者有，说百年孤独者有，批评长时间不写卷首者有。我虚荣心那么强，当然会感动。

也所以，这本书得以出现出于两点，1. 前辈和小黑屋里的人盛情难却；2. 给某　段的自己画上句号。这两个原因是承接关系，既然盛情已经难却，恰好又到了某一个画句号的时候，那就画吧。

是从 2008 年看了某期港版的《milk》，突然地想写卷首，抽风似的想。然后意料之中，三分钟热情的旧疾复发。迫于一本杂志的游戏规则和后面读者的淫威，从频密到稀疏，再到现在的几近于无，像令人生厌的蛞蝓拖拖拉拉地爬过一丛草，却以为自己穿过了一座森林，我能看清楚自己是一条蛞蝓，所以我就拥有了森林。

这森林般的草丛见证了一个没有耐性的人，她的惰性散漫，以及自相矛盾的、以自己为中心辐射的世界。它当然不宽广，也更无从深入，如果说还有什么可取之处，那就是——至少写的时候是专心的吧。对于怎么击中人的心脏，我毕竟无师自通了一套节制有力的拳法。

仅此而已。

时间跨度太久，偶尔翻看，会觉得某些事物因为流逝而显得不合时宜，但由于前面提到的各种无知，我懒得再改，也没必要再改——这也是导致时间跨度太久的原因，因为懒得，错过了一些不错的邀约机会，反正也不是多需要。我清楚地知道自己肤浅的优越感，我要的我都有，所以言出轻巧。这是一种催生反感的情绪，不好。可这就是蛞蝓的森林，我宽容地笑一笑，继续。

一个世界不大的人，因为确信经过的那些当下已经舒爽，所以懒得回望。更或者，一个世界不大的人，随年渐长，对于展示已经越来越失去兴趣。我们途经的过去，就像人死了要火化，放置于某处小地方，实在不宜敲锣打鼓搞得句号太膨胀。

句号想与不想都在那里，当人越来越活在当下，就变得只对此时此刻有要求。人要的尽兴，感伤，物欲，哪怕是个不得已，那也要是自己煎熬出来的滋味，龇牙咧嘴，心才有快感，甚至痛。

这本因为我而一直一直未果的卷首结集，终于有了交代。你们问过我太多太久，答复太晚，好在大家都已经习惯。

说到这一点，想起夸张的漫长里你们的来信。那些信激发了懒惰的我最根本的善意，出于本能的教养，出于羞涩，出于回应的尊重，让我终究能写下这么多年。并不夸张，你们在信里给予我另一扇门里见到的山，我惊诧于你们的感受力，并仿佛浮在飘渺群山的云雾，确信了坠入山涧会有清溪，绕过树林就有光线，这便是那些感受存在的价值。基于我们给到对方的小小力量，言谢太无必要，仅此说明，是为了告诉山涧的水和晴空的光线，你们生生相惜，替换无穷，在那一段我见过的当下，无一例外清透和明亮。

很难忘。

对于一本不会翻看，但一定会放在那里的书，用来在某些搬迁、清理，或者意想不到的时刻突然看到，应该会触摸到自己的某一部分过去，那一部分藏在黑屋里的自己，不完美，但存在。想想悲喜掺杂的那个当下，这是我唯一的期待。

我想它于你们，也无非是这么一点作用而已。

就是这么一点作用，用来凭吊流逝，也牵过漆黑的小马，也看过圆大的月亮。

如今鞍边已空荡荡。

目　录 / contents

2008
我问你

2009~2010
您是老大好多年

2011
鬼才信为爱而生

2012
春天吓了我一跳

2013
骑五花马 披千金裘

2014~2016
最烦高情商

2008
我问你

男人是社会性动物，他们只会对赚钱上瘾。

而女人，她们通常只会对存钱上瘾，

到适当的时候，

无论卡上的数字是递增还是锐减，

她们会突然地，看似没有道理毫无先兆地想短暂逃离。

迷惘是因为智慧不够,

我的智慧不足以驯养另外一个我。

我想捉到另外一个我

有一部很幼稚的老片,叫《刚果惊魂》。

里面设置了很多关键词,钻石、战争、非洲丛林、杀人猿。我要说的是影片里有一只叫做 Amy 的大猩猩,它被阴柔干净的年轻科学家所驯养,有着深情的眼神。我不相信一只猩猩能够表演出这样的眼神,我认为它的深情的确来自有爱的驯养。而传说中,所罗门王的手下驯养出了杀人猿。为了保护钻矿,他们专门驯养大猩猩撕咬盗矿人,所以这些猩猩眼神嗜血、暴戾。

同是生活在刚果的密林深处,不同的驯养让大猩猩有了迥异的命运。

人的身体里,也和大猩猩一样,安放着两个我。因为驯养的缘故,有时候这个我强出头,有时候那个我很不得意。在分不清哪一个我更适合我的时候,人就试图狠狠地捉住另外那个我。

可是很明显，我抓不到我。

我在人群里横冲直撞，拼命追逐的我和拼命躲闪的我让我一时兴奋，一时迷惘。我知道迷惘是因为智慧不够，我的智慧不足以驯养另外一个我。

那一天的农历肯定是十五。

当奔腾的火光烤红了我所能触摸到的天空，有一轮比火光更硕大的满月，更迅速地遮盖了我所能看到的夜空。我站在热气球的藤篮里，平生第一次惊觉，原来我一直身在苍穹下。炙热的气流在白色的球体内部汹涌奔腾，把头探出藤篮，你会看见地面越来越大，而天空越来越小。越来越繁密的灯光和越来越疏朗的星光让我产生一种错觉，我在跳离身体里的我，并因此而失去重力，向上升腾。

我听见了天的心跳。

风从张开的肺腑灌入五脏，被洗濯一空的身体在瞬间饥肠辘辘，有了想吞噬天空的渴望。

你知道我为什么要跟你说大猩猩 Amy 吗？

当我看到片尾，回归家园的大猩猩 Amy 在山冈上黯然目送它的驯养人，他站在大红的热气球里，迅速飘离丛林。想到他们从此相忘于江湖，有一种青灰色的惆怅，在我心里狼烟突起。这是一个寓言式的场景，这是身体里被驯养的两个我，在做生命中必然的告别。

我们似乎生来就知道，身体里的两个我从来不肯妥协。

他们一个适合活在人群，另一个适合活在丛林。

我想告诉你，我第一次乘坐热气球是在满月的夜晚。那一天，我终于看到了身体里的另外一个我，他们一个升腾于天空，浩瀚如银河，一个茕立于地面，渺小如花朵。

股票有时涨，爱情屡屡败。

要屡败屡战。

上司说，
我们这一代，身体很弱，天天病

是，我绝对承认这是事实。

追溯源头，应该是从有冷暖空调开始。

很庆幸在我的学生时代，每个教室里空荡荡，有自由来去的空气和风。现在，从图书馆到巴士，处处有空调。工作之后，空调和我冷暖相依。会议室，酒吧，咖啡店，书店。有时候坐的士，太冷还要请求师傅，可否空调温度高点？

这就是近5年的生活状况，伏案时间长，缺少运动；食物是清远鸡湖南猪肉，早两年还知道饮用水来自地下，现在猜不到食物从哪里来，饮用水的发源地能追溯到怡宝就很安慰。

去上班，编辑问：这个栏目的主旨是什么？这个稿子我哪里不对？他们会在显示器上贴这样的纸条：吸气，瘦小腹。中午在网络上搜索最新的快餐店，也无外乎是香辣鸡杂或者日本豆腐。这一代分外地适应这样一种生活，对城市节奏有快速反应，体力向智力的追赶总有些力不从心，但也能惯性应对。

这一代的我们和这一代的你们一样。

对超市依赖，对空调依赖，对格子间依赖，对网络依赖，对音乐依赖，对体检依赖，对药物依赖。

我们不依赖的是什么？爱。

股票有时涨，爱情屡屡败。

要屡败屡战。

是在 2000 年的 12 月，那时我刚刚入行，12 月还会有台风，旧的办公室有点像《花样年华》周慕云的报馆。谨言慎行，通宵赶稿，早中晚三餐都是咸蛋肉粽和鱼香肉丝，吃得酣畅淋漓，坐漫长的两个小时公交车，摸到床倒头便睡。

试用那三个月，一个喷嚏都没打过。

现在，得空就要去爬爬山，打打羽毛球，颈椎要保护好，不轻易熬夜，得闲跟做卫生的吕姐聊聊我有多瘦这种必然受用的话题。剩下的时间，就像香港前特首曾荫权说的："我要做好这份工。"

同样希望你也尽可能地健康生活。麦兜的妈妈麦太说，1234567，多劳多得。

我们这一代，对爱对工作，只能是铜筋铁骨，去扛，去受，去努力。

不然，你想谁帮你？

没有谁会是谁从一而终的胳膊蜜糖。

恒久的是孤单，走马观花的永远是爱。

你是谁臂弯里的胳膊蜜糖

　　IT Bag 就是最受关注、最流行、预订名单最长、出镜率最高、翻版最多的包包。

　　它们还有一种叫法：Arm Candy——胳膊蜜糖。

　　每个女人都有最心仪的胳膊蜜糖。

　　巴黎世家的机车包，迪奥的马鞍包，爱马仕的 Birkin，路易威登的 Smiling Cherry，香奈儿的 2.55 等等，这些都是潮流界著名的胳膊蜜糖。在涨价风潮下，据说香奈儿的 2.55 明年涨幅会高达 20%。所以有观望者倾其所有，在 2008 年之前奔赴香港抢购 2.55。17000 元的价格，她说："我现在很发愁接下来的日子怎么过。"

　　有两种评价：1. 她虚荣；2. 她执着。

　　我倾向于后者。

　　谈恋爱都能谈出破釜沉舟的勇气，为一只包自断粮草，不过是恋物癖的一次周期性发作。说到底，男人和包都是我们需要挎在臂弯的蜜糖，是爱慕的对象，是审美的具象表现。

稍微假以时日，就可以发现没有哪一只包是一个女人至死不渝的 IT Bag。

我们最要好的密友，被称作闺蜜，其性质等同于 IT Bag。我们爱到深处，认他作填满心灵沟壑的蜜糖，其性质也等同于 IT Bag。

如果我们的内心真的可以等同于一个世界，那么肯住进这个世界的，只有非终身合约的租客。这一时刻我们的世界满当当，那是它在进行最灿烂的心灵搭桥活动，很兴奋，很爆棚，很想从高的楼飞身去往天际。而更多的时候，这里片纸碎叶，风从左心室刮过右心室，做着下一期租户入住前的门户清理。其实不要太看不起移情别恋，因为世界那么大，它不能总是空着，空着疼。水瓶鲸鱼出版的失恋杂志，某一讨刊的主题就叫"心室出租"，印象很深。

一个背水一战的房东，一批自备粮草的房客。

心室，待租。这是我们惯常的状态。

没有谁会是谁从一而终的胳膊蜜糖。

恒久的是孤单，走马观花的永远是爱。

我们完全有能力把萝卜拔出来吃掉，

或者干脆种上葵花籽和韭黄。

OK , Not OK

你也有过这样的时候吧。

去他妈的时候。

学业，感情，工作，所有要背负的责任，统统去他妈的丢开。不是说地球没有我们仍然会自转和公转吗？不是说没有人是不可取代的吗？很好。

那就让世界运转，让我放任自流吧。

可是除非被雷电击死，否则结果只会更悲哀，因为你可以山摇地动地想，却无法着手来做。仿佛身体深处潜藏有与生俱来的能量，让这些烧灼的念头最终丧失温度。我们会身不由己地爬起来，深呼吸，补充海藻素，然后继续刨生活安排给我们的那个坑，在这个坑里，有我们必须培育的，叫做"命运"的萝卜。

我经常关注一类人，路上的江河湖海都是他们逆转人生，随时放下的理由。他们的心中似乎生来就存有大美和大爱，映照着我们对生活斤斤计较的欲望和琐碎的眷恋，以及对责任和规则的拘谨。这一类人有一个统称：在路上的人。他们活在小说中往往比活在现实里高尚。

而我们更多面对的现实是去伪存真的学院派风格，它出一道责任与放任的选择题。

OK，Not OK.

这是你和我跟踉人生中频繁冒泡的质疑。为什么读书是我们唯一的出路？为什么浪子不能是我们为之殉情的爱恋？其实我们完全有能力把萝卜拔出来吃掉，或者干脆种上葵花籽和韭黄。

可是成年之后，大部分的时间，我会对自己说，Not OK。你不用告诉我这是妥协还是坚持。

就算是对这本杂志，我也有过想去他妈的时候。可是，在日复一日熟悉的消磨中，我在这流逝的河岸上，默默看着顺流或者逆流的你们。在随年渐长之后，你终将发现，A 类人的放下和 B 类人的放不下，其实初衷都是因为爱。

爱是空泛的词汇，却也是人生全部的意义。

我说 Not OK。

我们是倔强的跟屁虫。

随着年岁见长，我们发觉翻一个斤斗都相当难，

可是我们心里的斤斗，却敢尸横遍野地躺。

今夜我不关心人类

请问你做不做家务？

我希望每一个读者都是家务好手，因为一旦熟稔你就会发现，适当的家务能让人变得居家、柔软，而平和的气质，看起来会很有吸引力。

抗拒家务就像抗拒吃有气味的青菜，是拒绝成熟的表现。

据说喜欢做什么样的家务也算是心理测试，可以推想出一个人的某些性格细节。我倾向于相信这个说法。

比如我，我比较喜欢洗衣服。

在我看来，洗衣服是复杂的家务。先要准备很多个网兜，把脏衣服分门别类。然后，要放有芳香粒子的洗衣粉，有松木气味的消毒水。如果是纯白的衣服，要在 C 盒里放入漂白水。如果是彩色的衣服，要在 C 盒里放入彩漂水。

然后关上筒门，按下半量或者冷水洗涤。

电源上的小绿灯亮了，听见进水管兴高采烈地注水。洗衣机发出咕咚咕咚卖力洗衣服的声音。衣服被滚筒抛起来，然后跌下去。泡泡撞在筒门上，争先恐后地破裂，踉踉跄跄这样奔来跑去，衣服居然就可以变清白。

这些都是神奇的生活细节。

梁遇春说，天下许多事情都是翻斤斗，未翻之前是这么站着，既翻之后还是这么站着，然而中间却有这么一个斤斗。

洗衣机应该是翻斤斗的好手，可是它就没有这种恶行。它欲仙欲死地把衣服翻了一千八百个斤斗，可是翻完之后，从来都手脚干净，不偷一个斤斗。

这个故事告诉我们，洗衣机所以只能是洗衣机，人所以是人。没有心灵的机械和有心灵的人，这之间的差别是，在翻之前和翻之后，中间有没有横着一个斤斗。

随着年岁见长，我们发觉不再柔韧的身体翻一个斤斗都相当难，可是我们心里的斤斗，却敢尸横遍野地躺。

说远了，今天想说的是：

热爱家务的能力，也是身为女人的能力。

哇，你让我当丐帮公主。

挨打 TOP 123

我的爸爸。

你过得真得意，有一天我狼奔豕突地在淘宝上消耗精力和存款时，仿佛神祇从天的苍茫处突然发声，你说："给我写一部传记吧。"

我吓得方寸大乱，在连串的乱码之中抬起头，无辜地看着你。

你忧伤且陶醉地说："我来给你口述，你好好写写我的一生，也让它流传后世。"

老爸你经常这样往死里吓我，然后注意力又迅速移向别处，你从来不在某一处多作停留，又似乎从来就停在原点，没有离开过，你过得孤独且多姿多彩。

而我居心叵测地，真的开始设想一部关于你的传记。

以多年从事传媒业积累的丰富市场经验来看，我觉得这部传记真的乏善可陈，但谁叫我是你的女儿呢，我如此孝顺，一定要促成它的畅销。所以，经过深思熟虑之后，我认为这部传记里唯一奇峰突起、酣畅淋漓之处，就是我一定要给你做的一个排行榜。我，你的女儿的挨打排行榜。

这辈子谁打过我，就是你，只有你。你还敢叫我写传记，你可真是白羊座，胆子大呀。

是你让我不到三岁就有了记忆。深冬，我不慎失足落水，被人救起之后，暮色时分，我兴高采烈地迎接你，并兴奋地告诉你我落水的凄凉遭遇。我清楚记得，以我三岁不到的，来自直觉的天然认知，我认为这是撒娇，博取宠爱以及安慰最天经地义的资本。可是你一点过渡都不带地赏我一个得天独厚大巴掌，直接把我打翻在小床上。

这一场灾难留给我两处有画面感的记忆，一是获救后，我游荡的意识听见母亲在灰褐色的天空下呼叫我的名字；二是老爸你打翻我的时候，我穿着咖啡色的棉布小袄。

这是 TOP 1——记忆仅止于此。

另外一个巴掌来自我妈朴素的描述，它居然发生在我落水之前！也许将来，应该让我的孩子给我也写一部传记，记录我这样一个有着董存瑞一样乐观和坚强意志的中国女性，是如何在挨打中得永生。

据说很早你就对我进行各种启蒙教育，你先拿一粒花生，又加上两粒，问我一共有几粒。我身手敏捷地瓜分了三粒花生，说，这粒给爸爸，这粒给妈妈，这粒给我。我妈说到这里，我本来听得惊为天人，这是神童啊！

无论是从西方教育还是中国式传统教育来看，我的回答都应该让我父亲感动到潸然泪下。可是我妈毫无感情地描述道："你爸，一个巴掌把你打翻了。"

我呆滞。

我人生所有困惑的根本所在，都是巴掌扇出来的。

这是 TOP 2。

来说 TOP 3。TOP 3 直接到了小学。唉，小学。小学是我建立记忆，并积极挨打的黄金时期。其实我完全忘记了你为什么打我，只记得在我倔强地，以沉默这种无坚不摧的武器和你对抗时，你拿来一只布袋，在里面放上一对碗筷。

你将它们放在我的肩膀上，说："你这个样子，别读书了，直接去讨米算了。"

哇，你让我当丐帮公主。

你恼羞成怒了，老爸。所以你侮辱我。

换作现在我肯定会笑起来，因为在漫长的时光中，我用我的智慧早已和你达成和解。你这个冲动的白羊座，终其一生都不会想明白，在你我的关系上，你毫无退路地将自己置于极端，没有想过无论你多强势，都是必然的输家。

你太爱我，因为我就是你，当你因此而失态的时候，你不会想到，人最终输给的都是自己。

我当然不会去当丐帮公主，老爸，我和你最大的区别在于，我比你更清醒地认识了自己。我知道我想要什么，想做什么，要去向哪里。我不像你，连打我，其实你都并不真的知道是为什么而打。你甚至可以在我中午神采飞扬地回家时，堵在家门口，只为早上出门时，你看见我向邻居炫耀新鞋子，将脚踩进水坑里。

人生那么多事要做，我真想不明白，你怎么能这样无视时间，一个上午只期待着回来打我一顿。你过得真单调，老爸。虽然你年年都是先进工作者，在你的单位德高望重，但你肯定不够热爱你的工作，我敢打赌。

上到初中，我辉煌的挨打生涯就戛然而止。

所以，有时候我也会津津有味地缅怀我那走向丐帮的一刻，当瓷碗隔着布袋，和地面发出脆弱的闷响时，老爸啊，记忆真的出千了，我好像真的想要笑。

虚荣心被大满足类似于大汗之后吃冰镇西瓜，

有酣畅淋漓的幸福感。

虚荣力量大

我认为青春充满虚荣感。

隔壁班的男生，拿得出手的大学，不错的家庭条件。毕业后，甲级写字楼的工作，良好的穿衣品位，有房有车的男友，他们能让你衣锦还乡。

与其说是生存压力或上进心爆棚，不如说虚荣作祟来得更准确。要我说，城市的共性不是具象的高楼大厦、车水马龙以及大气污染。城市，永远是虚荣的温床。小城小世面的攀比很肤浅，大城暗涌般的较劲很有压力。

虚荣成为生产力，尤其在我们年轻的时候。

由此衍生的各种情绪，比如说暴躁、忧伤、怀旧，都是虚荣在产生过程中释放的名叫"浮躁"的气场在起作用。在擦身而过的大巴上妆容散乱、昏睡过去的脸，在路边摊打着电话哭泣的姑娘，在红绿灯路口争执的情侣，荷尔蒙焦灼的气息挥散在城市的浮云上，久久不去。

青春是一场虚荣的赛跑。虚荣的满足程度决定我们的成就感和挫败感。

别跟我炫耀朴素，谦虚，宽容。因为这听上去像一位睿智的长者，或者细胞分裂已经缓慢的平和老人。这不是青春必备的品质，甚至说，这些品质也是虚荣更巧妙的手段，否则，如果青春和垂暮没有截然的分水岭，不如让我们生来就老去，第一天就看到死亡。

虚荣锤炼我们的学习能力，学习专业技能，学习与人相处，学习花钱和赚钱的技巧，学习穿衣打扮，学习驾驭男人。学习谦逊、优雅这样的，对青春来说比较陌生，而成年必备的品质。

不要忌讳爱慕虚荣这样的评价。

这说明你渴望更美，更专业，更受青睐。这些，都是向往美好的心愿，说明你忍受过得不到的煎熬，你有权利通过你的努力去达成心愿，然后，享用它们。

让我打一个小小的比喻。

每个月我觉得很幸福的一件事情是阅读读者来信。这些信件表达他们对这本杂志的热爱，他们因为这本杂志而渴望参与深圳这座城市；他们制作很多精巧的小礼物，希望来编辑部看望我们；他们甚至说，向往毕业以后能到杂志社工作，哪怕，只能扫地。

一想到大群的读者挥舞着扫把，把编辑部活活变成一个环卫所，我在尘土飞扬中一边读着稿件，一边打着幸福的喷嚏，我就会不自觉地笑起来。我不撒谎，那一瞬间，小宇宙里的成就感在爆棚。虚荣心被大满足类似于大汗之后吃冰镇西瓜，有酣畅淋漓的幸福感。

努力改善自身，满足与生俱来的虚荣感，是年轻必须全力以赴的首要事件。

朋友这种物体，最有兴致的，

是书生甲推门而入的那一刹那，

那被惊喜击倒的一哆嗦，一激灵，一热。

烙一张情义千斤饼

看过一个故事。

古时候有个书生甲，有一天晚上，大概是晚饭过后，他饱暖因而思淫欲，突然就心潮澎湃地想念起小时候同长大的另一个书生乙。就像我们心里空的时候，有的人会用事物填补这场空，由此可见，这个书生甲不是闷骚型，而是性格开朗，身心健康。

再说这个书生甲，当晚，他就让娘子烙了几张大饼，用布包包了，连夜上路，去探访突然闯入心怀的朋友。稍微有点想象力我们就会想到，当时天色静谧，有明月当空。书生甲风餐露宿，在两天后的夜晚，抵达朋友的茅舍。他推开院门，正在秉烛夜读的书生乙当时就被这场情煽得涕泪交加，大力地拥抱了书生甲，然后大呼娘子，先是介绍他们互相认识。久仰久仰，幸会幸会。然后，书生乙叫娘子连夜沽酒，油焖了最后一只大肥鸡，与君共剪西窗烛！

大概与我们一样，他们也要回忆当年的村花，爱体罚的先生，塾里某个渊博风流的同窗。回忆掺杂着各奔东西后的际遇，说到天发白，鸡鸣村野，或者大醉后昏睡。然后，书生甲洗把脸，接过书生乙娘子烙好的饼，包好。他们在村口挥袖作别，书生甲带着微醺的笑容，跋涉两天两夜，回家。

这个故事本意是告诉我们，因为见一面太难，跋山涉水很不易，所以古人的情义比随时电聊，顷刻见面的我们要可贵，有兴致。

我负责任地想了想，如果现在有个朋友，他突然晚上想我，买最后一班机票或赶最后一列火车，然后在天明之前，或者深夜之中意想不到地拍门，我想我的涕泪不会逊色于书生乙。我也会有很多的事要说，关于过去未来，我有能力完全不冷场。我或者会喝醉，也或者因为兴致，突然千杯不倒。

其实都跟时代发展无关，科技更是无辜。

朋友这种物体，最有兴致的，不是雪中送炭、两肋插刀，也不是安慰、理解等这些温情的动词，而是书生甲推门而入的那一刹那，那被惊喜击倒的一哆嗦，一激灵，一热。

人生很多事情，

有贼心没贼胆是最美好境界。

被暗恋过的老师们节日快乐

如果少女时代没有暗恋过某堂课上的男老师，那真是虚度了青春，白少女一场。

英语口语练出了伦敦音又怎么样，枉费了男老师们辛辛苦苦读师大师范师专，以天山童姥的定力洁身自好让生命倒退 N 年，以期遇见你。

这么一想，相当岩井俊二。

经验告诉我们，回首往事要擅长总结。在我看来，适合暗恋的男老师们要符合以下三项指标，妥否，拿来与正在或者曾经暗恋过某男老师的同僚们切磋。

1. 首要条件当然是好卖相。帅不帅在其次（师范类院校教师无美男，这是铁板钉钉的天理，如果要纯情高大可塑性强，不如直接暗恋学长），要长出点特色——比如鲁迅。长衫、怒发根根直立、浓密胡须修整一新，中学课本对他外貌的描绘已经苦口婆心地暗示我们，鲁迅就是一个让当时广大女文青默默失眠的典范。我们倾慕的老师会经常穿某一件衣服，有某一种特定的神情，说某一句固定的口头禅，有某一处显而易见，却总被我们故意忽略的缺点。

2. 在专业领域内够有料。无论是政治还是化学，甚至语文，我们所读的每套课本都不遗余力地刻板，处心积虑为男老师们吸引无知女学生留了大有作为的天地。我的高中语文老师给我们上写作课，论述细节的重要。说到一个女孩在雪地里等背信弃义的男友，她抓起一团雪，在心里默默暗示自己，如果这一把雪化掉他还不到来，就跟他绝交。如此反复，直到每一团雪都在她冰冷的手心化成水，天黑下去，男生始终没有出现，而女孩始终在等。

就是在这堂夏蝉聒噪的写作课上，在周围昏昏欲睡的混沌中，心里突然有了豁然开朗的空明。穿夹脚拖上语文课的老师符合我对人生最初的审美。

3. 适当的见识和有分寸的幽默。我们的见识，终将超越我们少年时候的老师，这是宿命。我总在很不合时宜的时候想起初中历史老师被刁钻的学生指出纰漏的残败。他恼羞成怒地一挥手，以致嘶啦一声撕裂了人造革夹克整只袖子，他悲壮地挥舞断袖：我今天说的对的也是对的，错的也是对的！我就是铁板上钉钉，怎么样！

怎么样！不怎么样。就算多年后，身不由己的我们都能体察他当时捉襟见肘的疲态，也无法原谅作为老师以及男人必备的，那一点点与生俱来的见识和胸襟，以及自我解嘲的能力。

我不想做老师，因为无力把握在学生初始生命里的印象。

至于那些我们默默放在青春期翻腾的老师，因为不合时宜，浅尝辄止的暗恋会比较美好。

人生很多事情，有贼心没贼胆是最美好境界。亲爱的老师，您节日快乐。

累了，你如何打算？

如果是我，我要做个只读书不考试的拉风少奶。

我问你

　　突然退出娱乐圈的黎姿反复说三条理由：照顾家人，打理生意，想去读书。

　　三条中，去读书听上去最虚幻、最次要、最应景。却唯独最有趣。

　　明星，尤其是女明星，在失意或者得意的时候，都有重返校园情结。从萧亚轩到孙燕姿，从张曼玉到汤唯。蔡依林除外，她是早早被周杰伦阉割了少女情怀的现实派，大场面上永远穿不对衣服完全不妨碍她人情练达。王菲更得除外，她从娘胎开始就打定主意只为自己活着，就算再离婚再嫁人再生子再流产，那也是她自得其乐的真空状态。她就是少女，哪里还需要找。

　　读书的时候想工作，赚钱，偏执起来恨不能父母双亡，凡事拿起放下自己做主。哦，那才是自由。哪知道进了社会就像做了传销，剪不断理还乱的上线下线，偏偏还没了回头路，只好哑巴吃黄连埋头往前蹭。半夜气哽喉塞一口气叹不上来，还要自我娱乐那是大音希声。

成熟最不可言传的标志是什么，是潜意识地开始报喜不报忧，然后看着父母最终活回少年童年，甚至婴幼儿时代的你。哦，这就是轮回。

等你意识到有轮回，就想攒着丢脸的那点积蓄不要脸地潜逃。

怎么逃？遁世不现实，被城市腐蚀惯了的虚荣心怎么办，会疼得死去活来。

退休更是师出无名。罗杰斯 37 岁才实现"退休"梦想，你算哪根葱，年纪尴尬，钱比纸薄。

那点风雨飘摇的积蓄，刚够回趟校园。

男人是社会性动物，他们只会对赚钱上瘾。而女人，她们通常只会对存钱上瘾，到适当的时候，无论卡上的数字是递增还是锐减，她们会突然地，看似没有道理毫无先兆地想短暂逃离。为什么逃离，因为独立，责任，道义，就像 LV，用过之后就知道抵与不抵。为什么短暂，因为一点生死未卜的前途，如同爱马仕的 Birkin，那是撒泼都不能放弃的虚荣。

只剩一点点凿壁偷光的情怀，刚够填补校园。

所以说，一个女人说，"嗯，我还想再去读点书"：第一，她年纪肯定不小了，但也远远够不上老；第二，她心里有一些不足为外人道的滋味了，但也远远够不上沧桑；第三，她肯定修炼不够世故，但也远远够不上单纯。

她毋庸置疑地有着或多或少的少女情怀，虽然越用越少，所以越急越老。

都会觉得累。累到想换一种生活的时候，就想想通身花团锦簇却一口咬定要去读书的黎姿。

读书是身不由己之后，与做少奶、二奶、师奶同等开阔的出路。它不用卖身，在需要短暂躲避的同时，又可以再接再厉。仿佛蚕茧裙上的蕾丝，衔接得体面有脸，又可以锦上添花。

我不关心金融海啸，也没有杂志做到 12 期应有的伤感。

我问你，累了，你如何打算？

如果是我，我要做个只读书不考试的拉风少奶。

2009~2010
您是老大好多年

如果将来有机会做一个母亲，

那就尽己所能，克扣自己的债务发放权吧。

女儿吃不下的那只苹果，

母亲没有义务接过来啃完。

身为女人，真正值得买的东西之繁华，刀口之纵横，
根本不是女人的智慧能处理得过来！

我们要不要搞一个扑满

　　去世多年的奶奶生前教育我，给我的钱别留，赶紧
花——怕掉。

　　我很乖，一点头工夫就花光了，倒不是我败家，她给
的那点钱本来就不经花。直到她活了 80 多岁去世，我才
发现，原来她是个阴险的存钱控！不过，那又怎么样呢，
我用洞察一切的目光怜悯地看着她那些花花绿绿的存折都
被子女分光了。而我，虽然身无长物，但那些被我花掉的
钱，都在我强壮的肠胃里幸福地打滚，它们不会贬值、不
会被偷、不会变成我垂危时候的遗产。

　　我是我唯一的受惠者。

　　因为这样早慧且长远的见识，我没有养成储蓄的习
惯。

　　在我接受奶奶教育的那个年纪，有一个 8 岁的男孩，

他把父母亲戚给的零花钱还有压岁钱，拿到我完全陌生的银行，一寸光阴一寸金地存起来。然后转身跑到院子里，收集所能看到的废品，卖成钱，去租看两毛钱一本的小人书。

这个小男孩长大成人，然后变成我的男朋友，他从8岁存下来的钱也顺理成章被我花掉了——你看，这再一次充分证明，存钱，尤其是处心积虑地存钱是多么愚蠢的行为。

我用这些钱干了很多有意义和无意义的事情。

最近的一件就是，在金融海啸的危机感下，消费了一本罗杰斯写给他两个女儿的书——现在成功的父亲都喜欢以写书给子女的借口向全世界穷人忆苦思甜。投资大师罗杰斯说他5岁就在棒球场捡可乐瓶子换钱，6岁就在球场上有了自己的摊子。看到这里，我将深邃的目光投向男友的背影，遇人不淑地想，当年，他为什么不把卖废铜烂铁的第一桶金用来再投资，而是看那些玩物丧志的小人书！本着独立、自救的新女性精神，我只好咬牙将致富之路孤独地研究下去。

问题是，罗杰斯也很不配合地告诉我，自救必经之路就是，学会终身储蓄。

他不厌其烦地劝女人买真正值得买的东西，把钱花在刀口上，得到最大、最值得的获益。等着吧，用不了多久，等大师的女儿变成女人，她们会替全世界女人告诉她们的父亲：身为女人，真正值得买的东西之繁华，刀口之纵横，根本不是女人的智慧能处理得过来！

但是，这个该死的老男人接着说，一定要避免只因为你花得起就拼命花钱这样的陷阱，这不仅是通往破产之路，也是使你忘却什么是生命的目的之路。

第一，我害怕破产。第二，我差不多快忘却了生命的目的之路。这让我有点点心虚。原来贵为投资大师，最终的致富之路也不过是我奶奶附体，一个存钱控。所以，从现在开始，请不要向我看齐的女孩们准备好一个扑满，开始大师说的终身储蓄吧。

但是有两点，第一，别让没出息的男人骗走你的钱；第二，别像我奶奶，虽然搞不清她知不知道生命的目的是什么，却也只是将钱茫然地存到生命结束。

爱是能力。

除此之外，山盟海誓，长相厮守，黯然神伤，

那都只是能力作用之后的排泄物。

遇人不淑是扯淡

据说正常男性一生中会产生亿万个精子，相对卵子来说，这真廉价。

所以，进化论心理学家认为，卵子珍贵的女性会更加小心地考察男性的身体健康及资源状况的信号，以便谨慎地处理自己的繁殖机会。而精子多到无穷尽的男性则需要与其他人竞争，以便将自己的基因优胜劣汰地遗传下去。

换句话说，男人需要广泛地繁殖，而女人需要明智地繁殖。

为什么说这个话题，因为我偏执地厌烦一类在情路上总说自己遇人不淑的笨人。

女孩子虚荣一点天经地义，逞强一点无可厚非，或者轻浮一点也大可以睁只眼闭只眼。刻薄清高或者浑噩八

卦，会打理的话也能叫风格。唯独不要犯所谓遇人不淑这样姑息的错误，它完全解释不通屡战屡败。

对于爱情追逐来说，亘古不变的真理是，男人必然喜欢年轻貌美的女性。而女性对于强壮、金钱、地位，有天然的好感。这就像雄孔雀炫耀它的羽毛，金刚狒狒拍打它的胸肌，是生理必然。进化学派心理学家们调查过各个种族、宗教、政治体制下，包含 6 个大陆和 5 个岛屿的 1 万多名男女，他们发现各地的男性都偏爱那些年轻貌美——适合繁殖的女性。而女性则偏爱有财产和地位的男性。因为，他们有能力为后代提供足够的保护和抚养条件。

所谓的浪漫爱情，其实也就是荷尔蒙旺盛的青春期，男女天然的繁殖本能。

真不美好，在很强很现实的生理面前，爱本身很虚无。

可是你知道人类为什么要寻求爱情？

鲨鱼比你游得远，猎豹比你跑得快，雨燕比你飞得高，大象比你更强壮，红杉比你更长寿，但你却是它们当中最聪明的。一个聪明人在同样的错误里栽一个两个甚至三四个跟头，越摔越衰，越摔越不醒。然后幽怨地将自己置身事外，说："我真是遇人不淑。"

活该你遇人不淑。

人类赖以生存的脑子你用来做了什么呢？28岁还在犯你18岁犯过的，叫做年少无知的美丽错误，哪个携带了亿万优良精子的男人敢选择你？一个天真女孩在爱的历练中煎熬成一个心智停顿的女人，不擅长在男女的战役中总结经验、提高判断、磨炼技巧，那只能证明什么，她缺乏爱的能力。

爱是能力。除此之外，山盟海誓，长相厮守，黯然神伤，那都只是能力作用之后的排泄物。

年岁更迭让你变老，但也因此让你掌握了很多生而为人的能力，比如，爱、快乐、担当及学习的能力。

它们被归纳为成长。

当一切业已失去，唯独成长技不离身。

那种销魂的天真

我拿所有私藏的世故来换。

失恋很销魂

如果我有很多很多钱，我会像台湾的水瓶鲸鱼那样，去创立一本名叫 *LOST* 的杂志——失恋杂志。我想它会很畅销，以至于让我大发失恋财。

如果百度一下，你会发现很多人都在"失恋杂志"，把它放在博客首页，或者以此为题写一首很颓丧的诗，还有的在小众贴吧里絮絮叨叨自艾自怜。

失恋这件事，比恋爱本身要丰富，它所带来的伤害、自怜以及玩味让人更来劲，沉迷，不能自己。

恋爱中的男女接吻，说情话，以及上床。

而失恋中的人，低迷的肾上腺素分泌出细水长流的伤感，促使我们做出梦游般，充满画面感的创造性行为。

比如有的人，在失恋的夜晚默默吃下整整一只油鸡；比如有的人把卡里的钱取出来，算一遍，加一遍，再核对一遍；比如有的人把整只手机拆开来，企图寻找某种蛛丝马迹，当然这只适合华为或者中兴通讯之类的专业人士；再比如有的人，穿越长且不光明的隧道，当她经过漫长如一生的行走，终于见到日光的某一刻，会重生般地泪流满面。

节制让蓬勃敬畏，得不到让荷尔蒙消停。

这些被赋予了某种悲情意识的行为，同时被赋予了诗意。

有人失恋之后去了一些地方，有人海量阅读，有人加了很多班，有人考了很多试，有人交友，有人加速度再恋爱。这就像扔骰子，扔到7有7的游戏规则，愿赌服输就罚一口酒，然后接着来。

而这一口酒的后劲，它要消化嫉妒、愤怒、悲恸、麻木和沉迷。这些过于集中的负面情绪经常让你忽略你在为谁失恋，而牢牢记住了失恋本身。这就像情诗失意的比得意的更流传，情歌悲情的比欢乐的更耐久。失恋的那一口酒，带着突然刹车的失重美感，带着苦中作乐的，不可言传的美妙痛楚。

而这种美妙，是因为撒在了青春的伤口上。足够鲜嫩，足够血腥，足够快慰，让人明知故犯，因为它会不治而愈。

失恋是青春期寓教于乐的冷却游戏。

在恋的高温里，在爱的焦灼里，骤然冷却。

而冷却是正在疼痛的美。

如果光阴可以轮回，我愿意以少年的姿态吹着鲜脆的伤口，那种销魂的天真我拿所有私藏的世故来换。

微积分老师说，对于任意一个 ε ，总能找到 δ 。

虽然我常常拼死都找不到，

但我相信这是我的愚钝，而不是真理本身。

忠告这件事

这个地球上，比水泥还难以腐蚀的物体就是忠告。

忠告代代相传，很古老。

忠告日日出新，很与时俱进。

每个人主动和被动接受的忠告从他出生到死去，如果用笔记录下来，完全可以著作等身。

就算蹲在茅坑里，都能听到随着臭气飘散开去的忠告：你啊，你吃西瓜为什么不吐籽呢，这样对肠胃伤害很大。

用吃西瓜不吐籽的精神，我将所有忠告都囫囵吞下，然后慢慢反刍，将它们颇有秩序地分成一些类别。

先说我挚爱的第一类。第一类很草根，类似于格林童话，不需要追究它的出处、逻辑、可信度。它们多出自时间过剩的老人或者婶婶小姨之类朴素、唯心的人生体验。比如我的外婆告诉我,不要跟走路没有脚步声的人深交,这类人城府太深;不要和眼睛过于细小,尤其呈三角状的人来往,这类人往往奸佞;另外,外婆说,如果身体虚弱,不要直接进补,可以将各类药材喂给一只性凉的小公鸭,等到把它养得油光水滑,再直接把鸭子炖了吃掉。这样,才能吸收药材之日月精华。

我由此景仰我的外婆。草根式忠告,在所有忠告中最易潜移默化,世代相传。因为它没有目的性,不说教,甚至充满迷幻色彩,令人耳热。与此相得益彰,老人巴菲特也很婆妈地说,投资就像怀孕,不可能指望10个女人各怀1个月就把孩子生下来。我把这绕舌的忠告想了半天,才明白他是说,投资,急不来。

第二类往往浑身技术性,比较实用。比如高三的政治老师说,在回答论述题时,无论你的论据是否充足正确,在结尾一定要写"综上所述,所以我认为……"。这个毛病我现在还随身携带,虽然总用得不是地方。微积分老师说,对于任意一个 ε,总能找到 δ。虽然我常常拼死都找不到,但我相信这是我的愚钝,而不是真理本身。

第三类有点个人主义,充满了实验性的未知感,这样的好处是比较锻炼大脑，培养一些有用的判断力。比如郑渊洁说，如果一本书从第1页翻至第3页还不能吸引你，就应该丢开它。对此，我会中庸地用顺数、倒数、插数三种方式翻到第5页，然后再如释重负地丢开。比如亦舒说，但凡有教养的女人，从来不在人前显摆买了什么名牌，读了什么书，去了哪里旅游等等。我从来不大重视亦舒式的忠告，更不会按照畅销小说家的个人法则去做人。教养，千百年来，一家有一家的教养。

当然，世上还有一类最不受待见的忠告，那就是为被忠告者量身定做的难听话。

外婆的邻居生了一对女儿。她们的妈妈给她们分别取名为嫦娥、奔月。当8岁和10岁的嫦娥和奔月挂着很长的鼻涕站在我跟前，用迷茫的眼神看着我吃橘子时，我忍无可忍地敲开她们家的大门，用我15岁清脆的诚挚对她们的妈妈说："小李阿姨，你给她们俩改个名字吧，不然她们以后都没有办法上大学！尤其是嫦娥，她可能都没办法嫁人的！"

从此以后，我再也没吃到过小李阿姨亲手做的果皮蒸肉丸，而嫦娥至今都未能顺利出嫁，这些都是事实。

这个故事告诉我们，量身定做的忠告，代价往往最惨重。

男欢女爱之间只有一条说一不二的底线，

在你对自己和世界有更多认识之前，不要结婚。

男人需要你，远大于你需要他们

很多互不相干的事，很奇怪，你会觉得它们之间有必然的联系。

最近各大便利店门前流行一种低幼玩具，学名叫叮咚锤。

某一天晚上，我看见 3 个男孩在玩叮咚锤。其中两个人执锤，剩下一个无锤可用的光头小男孩，抢起一只比他的脸还要大上三圈的拖鞋，在冬天的寒流里光着一双脚，用上了杀猪的力气疯狂地击打出洞的老鼠，整台机器在他的拖鞋之下摇摇欲坠，发出凄厉的破响。最后，他们以 99分的傲人成绩结束战斗。男孩心满意足地将拖鞋啪地套在脚上，健步如飞地跑掉了。

某一天中午，一群穿校服的高中男生躲在公园的围墙后抽烟，分享一些零食，聊一些在他们那个年纪必定会聊的话题。或者是内分泌过盛的缘故，脸上色泽不匀的粉刺以及拼命抽条的躯体真是无法谈得上少年俊秀，反而有了些拔节过度的萎靡。

南方春天有很多落叶的树，他们在落叶上踩出略带焦躁的节奏。带着似乎要打破些什么，又似乎最好就这样活下去的少年老成。

某一天傍晚，在窗口看见楼下推窗前站着 3 个年轻男人，其中一个黑 T 恤伸长了脖子在叫歌。那歌声在黄昏的光线里顺风而上，每一户人家都可以分享到它，它如此熟悉，又略带唐突，像是生活伤感的馈赠。他身旁的另外两个在大笑，在鼓掌，在凑兴。

我在那歌声里默默地打字，觉得光阴脆弱。

我们的生活，会遇见多少这样的场景。

陌生的男孩在无数琐碎组成的这些片段里，最终会成为另外一些陌生女孩的男友。殊途同归地结婚生子，可能生出一个抡着拖鞋打老鼠的男孩，长大后往不知所往的前路上吐烟圈，而黄昏又突然变得感伤的男人。

男人的世界，远比女人来得癫狂、执拗和寂寞。这些词汇都因为强势而张力过度。

我很相信罗杰斯说的那句话：男人需要你，远大于你需要他们。这一点，随着年龄的叠加，虽然打死也不肯承认，他的体会也会远比你深刻。男人在情感上的成长要慢于女人。

最近收到很多来信，有奉母命成婚的惶恐，有对爱公平与否的天真计较，有为分手与否的千丝万缕的纠结。

觉得不公平，已经是不公平在作祟。觉得想分手，已经是分手的理由如芒在背。每个人对爱的承受能力、底线都千差万别，而恋爱的悲欢其实大同小异。

我认为男欢女爱之间只有一条说一不二的底线，在你对自己和世界有更多认识之前，不要结婚。

黄昏中的黑 T 恤吼了一句口水歌：我真的好累，你要的我都学不会。可是亲爱的男孩们，在年轻时省时省力搞定的女孩，年老时会因为日子太寡淡而老年痴呆吧。

如果母亲是山的形状，

无论是以叛逆还是顺从的姿态，

你势必绕山而成为一条河。

您是老大好多年

独立以后，拼命想做一件事——设法不欠母亲那么多。

然而很快就发现，这是一个死循环。亏欠永远大于偿还。越还越欠，越欠越内疚，越内疚越有压力。母亲大概是世上最擅长发放情感债务的神吧。一旦亏欠，根本无从还起。

这种想法本身就够忤逆。

米兰·昆德拉说：如果母亲是一个巨大的人格化的"牺牲"，那么女儿就是一个永远无法赎清的"罪过"。

这个罪过，我深以为然。

如果身为儿女，这个罪过你也会感同身受。

无论是性格强势还是看似柔顺，如果母亲是山的形状，也无论是以叛逆还是顺从的姿态，你势必绕山而成为一条河。山是什么形状，河就绕着山流成什么形状，只不过有的地方形似，有的地方互补罢了。

她从不认错，所以你总是首先道歉；她将多余的时间打发在电视上，所以你必须跟她说你没有兴趣的家长里短，让她尽量不那么寂寞；她逐渐丧失社会关系，所以你常常将已经解决好的问题拿出来请教她，让她保有价值感。

因为"牺牲"这一无法逾越的道德高度，母亲占据了亲子之间绝对的精神优势。

其实凡是关系，都有相对性。母亲天生就被定义在正确的位置上，明白儿女恐怕只有更难。偏偏母女间有些话不能说，一说就错，一说就变了初衷，一说就失去意义。

这真让人为难。

这种为难不要归咎于代沟。世上其实没有代沟。只是父母不愿意再生长罢了。

我们的上一辈，他们太快地变硬，失去了再生长的柔韧性，这当然是时代的错。其实，就算个性使然，哪有儿女忍心责怪。

自从进入社会开始，时间只会越来越证明一条真理：

母亲始终是你在人世最亲的那一个，不以时移，不为境迁。她一厢情愿、先入为主地将她的幸福和人生维系于你的幸福和人生，而且，她不是"为了回报"，她"全都是为你好"，所以你必须努力让自己过到她认为的好，没有第二条出路。

就算不堪重负，你也只能将其归纳于幸福且必须的不堪重负。

都说子女债是一代一代往下还。这真是有趣的循环，父母认为生而为人是还儿女债。儿女却为这笔还不清的债务终身内疚。

所以，如果将来有机会做一个母亲，那就尽己所能，克扣自己的债务发放权吧。女儿吃不下的那只苹果，母亲没有义务接过来啃完。

做母亲，首先是身为人母的快乐，以及生而为人的成长需要。类似于少年时，你为你想做的那些事，谈的那些恋爱所经历的那些蹉跎，想起来都是不足为人道的幸福。

女儿负责女儿的未来，母亲过好母亲的人生。

我们各自独立，才好彼此牵挂。

你要信任你所挚爱过的人和事,

自有他们认同的生长,他们所愿坚守的和他们所想改变的。

希望主义不是个枷锁

我们的成长必须建立于某种启蒙之上。

启蒙的源头可以是睡眠,食物,天光,也可以是很多躺在我休假的邮箱里的你们说的这本杂志。那些启蒙的力量,大概类似于大学时代漆黑录像厅里的光源。从中午看到天黑,也会从傍晚看到凌晨。有时候看着看着就那样睡过去了。骤明骤暗的屏幕亮光深印在我脑海,于软而薄的身体里绵绵滋长。

大学最觉得没白过的时光就是看录像。

如果这本杂志是你们成长中的录像时光,我以这种启蒙为荣。

哪怕我听厌倦了一种声音:你变了。你不是从前的那个你。

你不是从前的那个你。

这应该就是传说中的启蒙后遗症。因为当年你是这样影响我的，所以，你必须在我的记忆里站成一棵树。偏偏我们是一群鸟人，向往辽阔，不贪恋某处。害怕10年之后不小心遇见故人，被热情地熊抱住说，啊！你还是那个你！

10年如果换来这个评价，要去烧香，谢谢神和菩萨让我们居然不死。

从看这本杂志的那天开始，到现在已经是你的第几年？你经历了波西米亚二代，体验了混搭风潮第三代，如今又要开始过波洛克冬。你恋爱了几个人？资格证考过了几门？你搬迁了几座城？你唱K的曲目和伴侣新旧交替了几轮？你历练得落落大方，你从消费者更替为生产者，你开始有了积蓄，你从香辣蟹吃到孔亮火锅。

你督促自己与时俱进，却要求我们苦守着你认可的原来，要我们还是那个我们。可是天知道，连海丁丁都变成了向丁丁。

没有成长就意味着夭折。

姑娘，这个世界真正不变的，只有你的老妈。

你变了。

这是个咏叹调式的判断句。它会让我想起这样那样的，选题会、规划会、总结会、编辑会上，如果有人对我说，杂志，千万，一定，必须要适应读者和市场需求，我立马两眼一黑，从肺的深深处，涌起一个硕大的鼻涕泡来。然后用笔在本子上画一只发育不良的鸟啄一只很瘦的猫。

如果适应就能繁荣一本杂志，那么万艾可一定能挽救婚姻。

在所有正面负面、积极消极的相处当中，**最蠢最累**是适应。

因为不合拍，不一样，所以要适应。凡适应，必强求。可是，这个时代已经再次百花齐放，很不需要世界大同。我们和你们，是因为共鸣，因为物以类聚，因为气味相投，因为你是对的你，因为当我举起双手时，正好迎上你掌声雷动的眼睛。

我们伸出的拳头，是要击中千万人当中心藏有千山万水的你。

总有一天，你会在你的千山万水之上与我们分道扬镳；也总有一天，又会有千万个曾经的你纷至沓来。在这样的成长更替中，你要信任你所挚爱过的人和事，自有他们认同的生长，他们所愿坚守的和他们所想改变的。

怀有宽容的信任，并只和对的人在一起。

　　那些叫我卷首小姐，那些期盼我归来的你们，谢谢你们如此爱护我的虚荣心。

　　理想主义和现实主义其实都很燃情。只要主义不变成枷锁。

你可以自己赚钱，自己混职场，

自己哭，自己走夜路，

你甚至都可以自己扛病，

问题是，你不要自己终老。

谁陪你打针

骤然降温带来流感，医院里挂满了药水袋。

在大大小小的药水袋下面，坐着大大小小的虚弱的人。

人在什么时候最脆弱，我认为生病排第二。排在失恋、失业，排在被欺骗、无家可归，排在种种孤单之前。要说排第一的，我想，应该是失去至亲。这种可能性没有人想探讨。

打针是生病的一种常态。

从幼儿开始，因为找不到纤细的血管，针头必须从额头插入，小小男孩翻来覆去的啼哭和父母手忙脚乱的安抚让医院更像医院。更大一点的，小女孩乖巧地用插着针管的手，捧着爸爸打来的热水取暖。再大一点，长着一脸青春痘的瘦高男孩微笑着，任由母亲蹲在腿边，对她的絮叨表现出婴儿般的姑息。再往大，父母顺理成章地退场，男朋友像扶着耶稣一样扶着吊水的女孩，女孩埋头玩手机，当作身边空无一物。这是足够年轻才有的放肆。旁边坐着一位大妈，从药水袋滴下来的第一滴水开始，老伴的抱怨像是催眠曲，催着她昏昏入睡。抱怨她乱丢东西，抱怨她找不到药房，抱怨因为她的无能，以至于他累得更像是个病人。

剩下来，更多的是像我一样自理的成年人。自己看病，拿药，打针，或者带一本书看，或者打电话聊天。从离家读书的那一天开始，惯性地照顾自己，习以为常。

一个孩子就是这样，从母亲的手上开始，最后变成一个没有母亲的老人。

这期间，唯一不变的是四季更替，生老病死。

我总是建议那些足够年轻的读者，不管生活在哪里，和谁在一起，过什么样的日子，不管运气好坏，脾气好坏，性格好坏，都要寻找一个合适的伴侣。或者更没出息地说，我觉得人生，大部分时间就是在寻找伴侣——适合共同生活的伴侣。

　　你可以自己赚钱，自己混职场，自己哭，自己走夜路，你甚至都可以自己扛病，人生很多事情都应该自己完成，这是独立和幸福的基础。问题是，你不要自己终老。

　　一个人出生有父母，离世有子女。比起漫长一生所经历的，这些人生当中决定生死的瞬间，看起来反而不那么重要。因为极端不是常态，因为太多的变故需要我们足够年轻，身强体壮的时候去应付。

　　荷尔蒙带来了无所不能，也产生一种名叫虚妄的有害气体。

　　我们用很短的时间就适应了没有父母的陪同上医院，我们很快也感同身受地体恤上班的男友，一个人去打针。在老去之前，生命中独处的阶段很珍贵，比如现在，独自打针让我观察各种病态中的人生。

　　在这个鼻涕吸溜的诊疗室里，最幸福的是那个被抱怨的、分不清东南西北的大妈。她的老伴为她分清了东南西北，为她找到了药房，为她拿了药，为她高举着药水袋，为她打来热水。她的不能干，其实很大程度是被她爱抱怨的老伴惯出来的。

　　所以多年轻也请你记住，要善待但不要惯坏你的伴侣，因为这会直接把你包装成一个爱抱怨又操碎心的大妈。

　　披头士乐队主唱保罗和他的摄影师妻子琳达·麦卡特尼在30年的时间里，仅仅分开过一天。其他的时间，琳达一直和披头士乐队或者保罗参与的其他乐队一起四处奔走。旅途中，他一直和她一起，帮助她提高她的摄影技术或者撰写她的烹调书，直到琳达死去。

　　所以再年轻也请你相信，人一生当中，最残酷的结果和惩罚，是晚景凄凉，老来无伴。

　　任何时候，对病中陪你打针，端水送药的那个人，要心存感激。当药水顺着针管一滴一滴往下赶，你会感受到生命的存在以及流逝。

　　你需要熟悉的同类，你需要安慰，需要被保护，这是青春所不能。

　　因为流感，人变得虚弱。因为虚弱，人变得啰唆。因为啰唆，觉得自己老去。

　　希望至老，有人陪着嗑瓜子。

爱生万物。

万物不见得一一对应爱。

冷板凳上的热爱

编辑部新进两名小孩。

80 很后。一个热爱文字,一个同时还热爱着杂志。举数据如数家珍,表态度惊涛拍岸,总之头撞南墙地要加入队伍。热爱像庙里求得的上上签,直接把希望煮沸成行动。

好吧,欢迎你。你不是第一个,也不会是最后一个。

但你是当下,是此刻,是进行中。是你不打算隐藏的,某种价值实现的荣耀。

我知道对年轻来说这很重要。

热爱是我推崇的基础品质之一。嗜血,才有机会当好杀手。名人名言句式就是:热爱是专业之母。

你我都有经验,做妈的,都不是那么好对付。

和你比,我毫不逊色地热爱过,这热爱推着我走到今天，有些嗫嚅又有些伤感地看着前赴后继的新热爱潮涌上来。在热爱这件事上，我资格比你们老。我看清过热爱之下，并煎熬过热爱之上。热情常常也会像散黄的蛋，吐很丢脸，吃又不爽。

每天我越过乌青发亮的黑发丛，能清晰感受到两个80 很后的焦灼以及困惑。

已经不是读者来信，我并不打算解答。

要坐过冷板凳，才知道冷的好。

坐冷板凳是职场生涯必须承受的煎熬。要慢慢地，用自己的体温将板凳焐热，让自己变得不边缘，让事情自然落到你头上，让你的能力得到应有的重视。这条板凳是你永远受用的私人财产，他人没有义务出卖温暖——虽然我们的企业文化提倡编辑部像一个温暖之家。

这真可笑。如果遵循热爱而来是要寻找家，还要搭配上温暖，应该找父母，或者谈恋爱——请尊重热爱者的智商。

另外，所有的热爱之下还有你没见过的真相。

真相不是杂志的温情和热血。

真相会是枯燥，枯竭，累，不甘，失落，被打击，力有不逮。

真相不美好，所以真相致力于创造美好。

在所有的热爱之下，我常常想，你热爱的其实仅仅是美好。

所有渴望来这里，表示愿意扫地、端茶、送水、跑腿（以及其他出乎我想象的服务项目）的热爱控们，请原谅我的悲观。首先，在庞大的读者群中有多少女生能做好家务这件事上，我很是不自信。其次，天下的职场都遵守一样的规则，并不因为这本杂志曾经呵护过你，你以为这里就规避了丑陋。最后，我恳求大家不要把比方打得这么低姿态——包括以后你们投递出的简历。我少年时候热爱谭咏麟，为见到他，想过去他家做保姆。好在很快我就明白，我不热爱，也不擅长保姆这一行。谭咏麟肯定也不会蠢到请我擦地板，我擦的地板会让他摔成残废，从此断送偶像生涯。

我很庆幸我对热爱最终的选择方式不是成为一个手艺蹩脚的保姆。

热爱是用来创造，而不是消耗。

哪怕仅仅是热爱美好，也要尊重你对美好强而有力的理解力。

爱生万物。

万物不见得一一对应爱。

如果真的有世纪末，

如果世纪末决定只留下一个人，

请赐予他一个歌手。

总要有个歌手打发掉青春

把鲨鱼的鳍割掉，让它沉入深海饿死。把棕熊养在铁笼，塑胶管直插胆囊，了此残生。

云南大旱，豇豆活在农药里。

人类在作恶和受恶的惶惶中啖鱼翅，饮熊胆。

算是罪有应得的及时行乐也好，真的有了传说中的世纪末情怀。

算不清多少年前的某个中午，我得意地骑在自行车上，和我的同学说三道四。一道影子从我身边划过，像离弦的箭那样射出去很远，车上的人回过头，朝我"嗨"一声，搞得像20世纪80年代香港TVB长剧，拖了10里长的尾音，我很久才反应过来。那时候我们同学中间不大流行这个，这样朝陌生人"嗨"。我对我的同学说：她是谁？

那天中午我和同学逃课去看谭咏麟的演唱会。去一个录像厅看。平生我第一次逃课,第一次进录像厅,但是我像老手那样谈笑自如。

我把零花钱用来收集有关谭咏麟的一切。对谈恋爱这种事没有兴趣,只觉恶心。在很多个黑暗的晚上听着歌,不知道哪里不对,但仿佛又哪里都不对。

我的青春,在深冬凛冽的冷空气里,穿越茫茫的夜幕。我清清楚楚地记得那空气的清冽,记得自行车胎和柏油路面摩擦的嗞嗞声响,记得四周如静水深流般,庞大的寂静和内心轰然的声响。

我把随身听的声音开到最大,路两旁是郊外一望无垠的菜地,自行车让冰冷的身体发热。那是我每天清晨上学的必然程序。在我按部就班的中学生涯,只有这一段路程,让我清晰触摸到我的存在,我的渴望,让我知道,原来我真的有灵魂。

我怎么可能不去喜欢这个素昧平生的人?

我真喜欢他,我真是,喜欢得不知道要怎么样才好。哪怕到将来,我对他的存在漠然处之。

总要有点什么,打发掉深切探索着未知,未知却越探索越绝望的青春,恋爱也好,打架也好,听歌也好,努力读书也好。

高考前夕的某个清晨，我看错时间，赶到教学楼的走廊里，学校的起床铃声才刚刚响起，我第一次听见由宿舍楼里传出的，脸盆铁桶碰撞的声音，冲水声，打闹声，歌声，衬着操场广播里激进的进行曲，相当打情骂俏。我坐在走廊的栏杆上，看着外面还是漆黑一团树影，远处有朝霞的红霭。

我盯着望盯着望，很快就毕业了。

如果真的有世纪末，如果世纪末决定只留下一个人，请赐予他一个歌手，让他至少在麻醉般，暖洋洋的幻觉里，割掉自己的鳍，沉入深海。

性格和命运斗智斗勇，

习惯和你生死相随。

绝对老大

打开邮箱，有一类提问最无趣。

我要如何才能快乐？我如何才能获得幸福？我的爱情在哪里？——像一瓢油汤，劈头盖脑。

这种天问式的句式有一套标准答案，你要独立自信乐观勇敢。

屁一般的答案就像屁一般的提问本身，问也是白问。

中学有个上了年纪的大肚腩老师，当最固执不开窍的那个学生问到第6遍答题卡选项到底要填在哪里时，他愤怒地咆哮：填到哪里！填到校门口那棵老榕树下！

我坐在讲台下，一边躲避着他箭一样飞射过来的唾沫，一边被这飞来急智逗得直笑。可能笑得太过真心实意，以至于那个男同学从此与我不共戴天。

这也真是个实心眼的男同学。难道他不认为，这是大肚腩老师最人性的一次发作和最诗意的一次回答吗？

你如何才能快乐？你如何才能获得幸福？你的爱情在哪里？

同学，就在中山公园最西边第三条石凳后那棵百年老榕树下。

没错，这种泛泛而起，因为师出无名又命中要害的发问，它更易存活于绝大多数人心里。

可是那又怎么样，问一问，就当日三省吾身，再想一想（肯定想不出什么结果）——这样间歇性地发作之后，转身就丢掉好了。有操作性才好下手，不要没头没脑，毫无技术含量地为难自己。

与结果比起来，幸福更应该是一种当下的感受。再说，就算如你所愿抵达了幸福那又怎么样，如果免疫力不够，幸福本身也会像深渊，让你深陷其中，丧失欲望和动力。糖吃得多了，就长虫牙——此消彼长，哪里有绝对的幸福。

年轻的时候，幸福最好不是，也不会是一种常态。

不快乐，如果不是在无病呻吟，那就是你不清楚你想要什么。所以有苦中作乐，并不是真有那么生猛那么不怕苦，是因为苦也知道自己为什么在苦，苦也成了希望甚至骄傲，于是快乐。

你说幻觉也没错，精神是绝对的老大。

至于爱情，除了去谈，我真想不出别的出路。

所有突如其来，问快乐、爱情、幸福的你们。

作为一个实用主义者，我所能理解和确定的建议是，与其问这三种精神药剂在哪里，还不如选一些操作性强的事情来做一做，这些操作手段跟性格和品德没有必然联系，不足以导致幸福的结果，但好处在于，至少可以培养你在各种境况中自我反思和自得其乐的能力。

这种手段，在我看来无非两点，一是阅读的习惯，二是有深信不疑的喜好。

性格和命运斗智斗勇，习惯和你生死相随。

没有欲望的青春，

那不是早慧，是早衰。

给所有的孙悟空

我敢打 1 万块钱赌，孙悟空是白羊座。精力充沛，逞强斗狠，单纯冲动，目的性强。这是春天的第一个星座，有着和青春殊途同归的一切特质，蠢蠢欲动的肤浅，不以为耻的欲念。

孙悟空恰好代表着青春的绝大多数。

有一条规则明白得越早越好，想要最大限度地自我实现，必须先遵循主流。在主流的温水中越是如鱼得水，所获得的自我空间将会越大。

先顺应，才能获得叛逆的资本。

先被承认，才有机会展示和选择。

《海角七号》的范逸臣，两个孩子父亲的谢霆锋，以及护送"伪娘"领导取经的孙悟空，都是最朴素的范例。

无论归隐和游方有多销魂，青春，是适合入世的人生状态。

每一代的成长都在复制。叛逆期最粗鲁的表达方式就是一路打上天庭，然后顺理成章地被压在五行山下。是要在五行山下才得以体会吧，好学生存在的价值，如果不是盲从，那就是他们早熟地意识到，只有上好的大学，找好的工作，适应规则，才能在规则当中最大限度、最快速度地履行自己想要的人生。

在主流之上非主流。

不必在孤立中煎熬，也决不随波逐流。

这就是孙悟空的选择。无所谓神仙妖精，无所谓体制内外，重要的是，你无法要一颗入世的心一直逍遥在水帘洞。请相信，每一个个体与生俱来就理解了自由。

自由不止是闲云野鹤，更是用合适的方式去实践自己想要的价值。

孙悟空是斗战胜佛，他需要在路上，需要征服，如果做一个工作狂才能最大限度地让自己快乐，那就投入好了，水帘洞的逍遥也可以说是二流子无所事事地扰乱社会治安。如果需要一个目标才能过得有方向，那就制定好了。为什么一定要无欲则刚，欲望成就的快乐，那也是货真价实的快乐。

　　况且，没有欲望的青春，那不是早慧，是早衰。

　　生活中的绝大多数都是孙悟空，是入世者，是欲望的债务人。在世俗中体会价值，在人群中获得存在感。遵循规则才能保护自由。

　　实现理想的生活方式，是生而为人最大的快乐。

　　既然不想归隐，那就遁入人群，在溯游而上中，做自己的斗战胜佛。

　　谨以此，和悟空们共勉。

漆黑的小马，圆大的月亮，

橄榄满袋在鞍边悬挂。

漆黑的小马 圆大的月亮

我想偷懒。

这样的念头不能有。有了它就赖着不走。作为程序，我装模作样地挣扎了，也纠结了。然后，决定了，我要偷懒，我想偷懒。

我猜到两个后果。

1.总编很生气。

2.你们很生气。

但有一个很重要的后果让我出离对1和2的恐惧。总算有一期，我可以这样嬉皮笑脸地，这样不求上进地，这样厚颜无耻地，这样逢场作戏地，这样就地打滚，不负责任。

卷首两年，我有点累了。

我想把脚抬高，一脑门日光，看上去很拽很嘚瑟。

唉，小的时候，我真的以为主编就是这样子的。

没想到，主编其实是个打杂的。

真的。

不信你来看。

不能再往下写了，已经不能算偷懒。

我对你们真好，夏天还会有多长。

我望见了秋天的军队和风

在塔尖上。

骑士之歌

洛尔迦

科尔多瓦
孤悬在天涯。

漆黑的小马，圆大的月亮，
橄榄满袋在鞍边悬挂。
这条路我虽然早认识，
今生已到不了科尔多瓦。

穿过原野，穿过烈风，
赤红的月亮，漆黑的马。
死亡正在俯视着我，
在戍楼上，在科尔多瓦。

唉，何其漫长的路途！
唉，何其英勇的小马！
唉，死亡已经在等待我，
等我赶路去科尔多瓦！

科尔多瓦
孤悬在天涯。

（余光中 译）

如果你梦想做到某件事，

在整个过程中的苦乐，都是可乐上的泡沫，火锅上的辣油，

是大雨里塞车的，深深绝望中带来的酣畅。

致伟大的小屁孩

小屁孩。

暴雨吞噬了整座城市。8 点出发，被迫改道 3 次，加油 1 次，最后就势将车停在某酒店，打车赶到我熟悉的座位前，塞车 3 小时来赶卷首。

掉头改道的当口，我想回家继续睡觉。但今天是卷首拖无可拖的最后期限，一期杂志又近尾声。你看，这就是我周而复始的生活。厌倦吗？倦透了。离开吗？放不下。我塞在天地倒置的雨里，黑云压城，前路白茫一片。在同样茫茫的昏沉里，我想着你的来信。

我理解你的迷惘。

你说体重迅速下降，胃很空却吃不下东西。

你觉得不安全，不完美，不幸福。

你管自己叫伟大的小屁孩。你这一代小孩，自信得很过分，但只要稍微一推，就像玻璃的城墙，碎得不成体统。

因为你的自信不是来自强大的内心，而只是对约定俗成的遵从。

我绝对相信你的聪明。你说："我确实聪明啊。我不用怎么刻苦努力就能拿高分。我听一遍就懂。我做题的时候所向披靡。我是所有家长和同学羡慕的对象。"然后大学毕业，你进入社会，觉得自己没那么聪明了，直接原因是，被"两个重要的传媒学习机会拒之门外"。

我有一个上不得台面的偏见，很多成绩超好，重点是，尤其在乎自己超好成绩的学生，情商通常会赶不上智商。因为对自己好成绩的得失心太重，往往容易在大考中失误。这样的失误轻易就会打破好学生对未来按部就班的秩序感——稍微不顺就会"如果"。

如果高考不失误，如果是我理想的专业，如果当初我不是遇人不淑。

不是说别人，就是你，小屁孩。

你假设那么多"如果"。如果知道人生有这么多鸟人让我看不下去，难道我去做一只鸟吗？

　　天才的梦想家马拉多纳都已经卸任阿根廷主教练，虽然我如此喜欢梦幻而偏执的阿根廷，但我仍然坚信混社会是混情商。我想把这本杂志做成理想中的样子，但是在这之前，我必须因地制宜地保证销量。实用地活着，才有实现理想的机会。

　　当然会有恨铁不成钢的时候。你知道我恨的程度吗？我想如果我去做另一本杂志，什么都不为，只为打败这本深深影响过我的杂志，打败它明明可以更好，却附加给更好的种种局限。

　　我当然没有做，因为是"如果"。

　　你当然也回不去考场，再次验证你"如果"中的坦途。

　　我有一种感受，如果你梦想做到某件事，在整个过程中的苦乐，都是可乐上的泡沫，火锅上的辣油，是大雨里塞车的，深深绝望中带来的酣畅。我想，这就是梦想的实用乐观主义。

　　窗外暴雨倾盆，坚持梦想的小屁孩们，请你们一定要做过程的现实主义者。

生命是个死循环。

想在这个循环里活得尽量有意思一点。

看更高远一点的天。

站在更广袤更寥落的土地。

谁能凭爱意要富士山私有

最阴暗是讲这类段子的人：

比如说某个渔夫（或者农夫，总之是生活比较底层的穷人）在海湾打鱼，遇见一个银行家（或者投资家，总之是金字塔上半部豪宅里的那一类富人），后者建议前者改变目前自给自足的生活。要他存钱，之后买船，之后开工厂，之后整合资产上市，之后离开渔村住纽约曼哈顿东京巴黎富人区。

这个时候渔夫一定要问：然后呢？

然后，银行家说，你就可以退休了。回到某个平静的海湾，过过出海打鱼的散淡日子。

最后，渔夫一定会像智者一样反问：我现在过的不就是这种日子吗?

我常常更阴暗地想,是谁,是些什么样生活状态的人在意淫这样的段子。有一点可以肯定吧,他过得不够光明,不够坦荡。按照他们的故事逻辑,既然人生来就难逃一死,是不是一出生就直接死掉算了——狭隘诞生狭隘的想象。

如果努力打鱼就可以买船开工厂上市住富人区,如果逻辑如此肯顺势而为,如果到老还能不失去现有的生活,我问你,这种只赚不赔的买卖你干不干呢?

换我,我拼死也要一试。打鱼不过一种生活方式,我想看看开工厂的生活方式,上市的生活方式,富人区的生活方式。既然打鱼也会被大海淹死,那么最不济,也不过是破产被债主砍死。

生命是个死循环。大概因为循环是死的,所以,生而为人才更想在这个循环里活得尽量有意思一点。

看更高远点的人。

站在更广袤更寥落的土地。

只有少小离家老大回,才能领会乡音无改鬓毛衰。

一个一直在同一片海域打鱼的渔夫和一个买过船,开过工厂(哪怕最后失败)的渔夫,你无从判断境界的高下，却能一眼看出他们之间的泾渭分明，仅仅是为了这不一样，我就愿意背井离乡。

青春是要有方向感的。

无论乖巧或者叛逆，一旦缺失方向，乖巧必然沦为庸俗，叛逆变得毫无意义。你一定见过老家混得如鱼得水的老同学，他们虚张声势他们的地盘、圈子，他们晒幸福。其实不用晒的，背井离乡一定不如留守来得安逸。

但是如果不见见外面的天有多高，你不会理解安逸。

但是因为见到了外面的天有多高，你没有办法安逸。

据说见过的世界越大，人会变得越谦虚。谦虚不一定是青春的美德，但如果错过理想的生活方式，老了大概会折寿。

这个世界终将是无奈的，但这是世界的事。

而我，我们，只想凭爱意让富士山私有。

是谁，

在呼啸的时间和醉生梦死的地点不要脸地提醒我，

我来这个城市恰好 10 年。

就像默默起革命

人怎么会是哺乳动物呢，明明更像两栖类。

大部分时候跳入生活的浓汤，悲喜交加地翻滚。小部分时候爬上岸，意兴阑珊地进行思想自慰活动。古时候的人给它取名叫"省"，口感带有自残的肃杀。谭咏麟唱过一首很老的歌叫《微笑革命》，其中有半句，"就像默默起革命"。一个人突如其来地对着自己形而上一下，大概就是这样一场小型革命。规模不限，却足够平地惊雷。

最近我失控地进行着这种革命，以至于完全赖在了岸上，忘记了水里的沸腾。

是谁，在呼啸的时间和醉生梦死的地点不要脸地提醒我，我来这个城市恰好 10 年。

10 年前，我完全不喜欢《女报》。要怎样的缺乏想象，才会取名叫《女报》呢？完全配不上特区笑傲的青春。但是，当我在报刊亭买到平生第一本《女报时尚》，我就卑微了。

我卑微地，用最乖巧的姿态观察并进入这本杂志，虽然这完全不是我。但是，总要有一天，总要让完全是我的那个我，来配得上它远远超出我预期的青春。

那一段青春啊，在我的记忆里是带着光环的。

盒饭，油条，黑眼圈，酒，东门，台风，雷暴，四处飞溅的水。还有我，小鹿一样，矫健地奔跑。

总编大人说，美，总是令人伤心的。

回忆让我伤心了。

而《杜马岛》让我记住一句话：回忆是来自内心的谣言。它像最文青的一个骗子，精准地过滤掉无趣的绝大多数，只留下美或者绝对的丑。大概只有这样，我们才会更苛刻未来。在那只有美的，记忆的谣言里，有你们和我，阅读以及被阅读的青春。

在那里，杨小果是我，胖獾是我。偏执是我，可笑是我。我是我想象的那个我。

而你们，流水的杂志，铁打的读者，用一本杂志记录的成长居然这么漫长。长到疲惫，长到成为习惯，再成为习惯。当年击中你的某些句子，某种情绪，10 年后回过头看，觉得血液再也没法沸腾，大概这就是成长。

唉，我说小姐，我们再也无法喝到少女时，妈妈烧的那锅汤。

10 年中你沉默或者聒噪，10 年中我固执并且生硬。

有一天，我是说我离开的那一天，希望起雾或者来台风。而你，成为我大雾大雨中失散的故人，是想起来，有些伤心的美。

年少的热血转瞬即逝，而记忆的肥美源远流长。

2011
鬼才信为爱而生

20 世纪，美国一家心理学研究机构经过广泛调研、统计，

总结出美满婚姻的 9 条基本要素：

20 岁以后结婚；

都在稳定的双亲家庭长大；

结婚之前谈了很长时间恋爱；

接受过较好且相似的教育；

有稳定收入；

居住在小城镇或农场里；

结婚之前没有同居过或怀孕过；

彼此之间有虔诚的承诺；

年龄、信仰和受教育水平相似。

有什么比自我更珍贵。

让哈利·波特来收拾你们

2011 年我有两个梦想：一是去索马里看海盗；二是去哥伦比亚海底摸一摸鲨鱼。

世界越活越回去，时空穿越，终于让海盗复活，而且名字更正，索—马—里，它比"加勒比"更适合搭配海盗，组成一个目眩神迷的偏正词组。2010 年，状态最好的行业大概就是亚丁湾如日中天的海盗业，建议他们绑架一个投资家给他们整合上市——海盗股份，听上去就很提神。

——回到我们的世界，虽然有序的世界远比海盗们混乱。

搞不懂拿奖拿到手软的亚运会。奖牌多到失去意义，一味争先会不会磨蚀了乐趣。搞不懂本该淘汰的熊猫可以活得那么好，而本该进化的鲨鱼为什么被疯狂杀戮。搞不懂 Lanvin for H&M 门前彻夜的长队，以及人手一台 iPad 或者 iPhone 的优越感。

世界在偏离我们期待的乐趣。

我们不是被塑造，而是被批量复制。

年底，《哈利·波特7》即将公映。20 岁的 Emma Watson 痛铰满头棕发，以不留余地的姿态彻底收拾了从 9 岁起就被复制成的赫敏。全无感伤和感激，这个白羊座美少女用的是最孩子气也最赤裸的告别方式，乖巧却震撼。

有什么比自我更珍贵。

结束某段恋情，告别某种状态，迁移某座城市，当年轻的身体苗壮到没有什么能舍弃，剪头发就被约定俗成某种特定的告别仪式。是要到再也不觉得有必要讲形式感的年纪，才感受到那剪掉的头发里饱含的，少年的力量，蓬勃、决绝和脆弱。

我爱 Emma 的男生头，她是这一年唯一的明亮。至于其他，什么都是浮云，无感，无趣，无精打采也无能为力。

世界为刀俎，人类为鱼肉。

2010 年 11 月 17 日，整个深圳像是坐在按摩椅上，被地球小小地震动了一下。

人们都懒得慌乱。

马上就是 2011。

2011 年我有一个愿望，我想蹲在路边看破黄鳝，坐在巷口看煮茶叶蛋。

不要指望有方法让爱变得容易。

凡事太过容易，会因为无趣而遭到抛弃

——除非你爱无能。

鬼才信为爱而生

　　人总在旧历年底想到团聚，仿佛需要组团才能壮胆涉足新年。然而只要站在新一年的土地上，即刻便鸟兽散。

　　我们吃散伙饭，毕业时哭作一团，站台上拥抱，辞职后交心，然后，以坚硬的姿态开始新生活。

　　结束让人柔软，而开始注定疏离。

　　2011，不过是无数开始中的开始。

　　40 年前，一个小伙子给自己的新娘写了一封情书，把它塞进漂流瓶，并扔到西雅图和夏威夷之间的太平洋海域。10 年后，在关岛附近海岸慢跑的路人发现了瓶里的情书：

　　当你看到这封信的时候，我可能已经是白发苍苍的老人了，但我相信我们的爱情仍然会像现在一样鲜活。这封信可能要花上一周，甚至几年的时间才能找到你……即使它永远都不能到你手中，我仍然铭记于心的是，我会不顾一切地去证明我对你的爱。

——你的丈夫，鲍伯

热泪盈眶的情书发现者通过电话找到 10 年前的新娘，当她听到这封情书时，不可抑制地大笑，且越笑越厉害。最后，她说："我们已经离婚了。"并果断挂掉电话。

我们可以数十年不换号码，却坚持不了一场燥热的爱情。

我不大爱看《爱的地下教育》这一类书，因为有趣不够，而意义全无。我们来到人世，当然不是为受惩罚，但也不至于干瘪到为了受教育。爱这种事情，各种巧立名目的信箱都是当街叫卖大力丸，无害，但不疗伤。考量写作水平可以，要熨帖，远不如情歌来得懂事。

爱这种事情，与其阅读道听途说的经验，不如相信经过千锤百炼的科学。20 世纪，美国一家心理学研究机构经过广泛调研、统计，总结出美满婚姻的 9 条基本要素：

20 岁以后结婚；

都在稳定的双亲家庭长大；

结婚之前谈了很长时间恋爱；

接受过较好且相似的教育；

有稳定收入；

居住在小城镇或农场里；

结婚之前没有同居过或怀孕过；

彼此之间有虔诚的承诺；

年龄、信仰和受教育水平相似。

至今反刍，仍深以为然，远胜各类所谓爱的畅销书。

不用奢望条条具备，因为爱情是生命必要，但绝非充分的条件。也不要指望有方法让爱变得容易。凡事太过容易，会因为无趣而遭到抛弃——除非你爱无能。

去爱，但不要相信为爱而生。

只有刀片般的刻薄，

才是刮骨的销魂。

刀片般的金先生

最近有点蠢。

因为看了一部过气的韩剧。就像被剧情里狗血的雷劈到一样，一道人造闪电之后，我由之前的无话可说变成了话痨。

有多少年没看韩剧了？大概从自以为看美剧比看韩剧显得脑子好用开始——我喜欢看起来显得聪明的一切。不管怎么说，如果美剧的编剧喜欢表现高智商的话，那么韩国就有着聪明到狡猾的编剧，投机取巧的生活智慧。

情节永远是千古绝唱的灰姑娘。逻辑就是偶像剧还需要逻辑吗？还有接吻，唉，接到嘴唇充血，也是口水交融而灵肉分离。至于床戏，算了，谁看偶像剧是为了床戏呢，会被人笑的。我们来讴歌变化：1. 多金的表现形式不再是动不动就打高尔夫，也搞了架私人飞机什么的——虽然机身看上去有点掉漆。2. 自金三顺之后，女一号身材和长相真是有点一泻千里。怎么能允许女人比男人还要壮呢？整容业泡沫化了吗？话说韩国人真的很没谱，男二号都敢站在大街上喊，我们韩国美女那么多——拜托，眼睛小目测范围真的窄。

但比起以下我想说的第三点，以上都是绝对的陪衬。男一号除了偶像剧必备的多金且帅之外，更与时俱进地优化了一项新品质——刻薄。

第一次见到女一号做武打替身，说：脑子很笨吗？干这种体力活。

第一次见到壮姑娘的破房子，说：你手机里有我电话吗？把它删了吧。呼啸而去。

对相亲对象关于人人都嫉妒他又帅又有才的恭维，说：怎么办呢？又不能一家一家去敲门道歉。

哦，最最最为传诵的，当然是当女一号问，"你是想把我变成灰姑娘吗？"男一号那句深得人心的"不，你是人鱼公主，等我去和家世学历相当的女人结婚，你就给我像泡沫般消失"。

刻薄真是让帅人更帅啊。

有什么办法呢？宽容，谦虚，好人缘，这些好品质太老气横秋了，怎么让人爱得起来。老了的事情，老了再说吧。问题是，刻薄、爱现、孤僻，这些在我看来只要配上聪明（再配上多金那简直是——）就是美德的品质，在我们生活的现实中真是，连我自己都没法待见。

赏心悦目的刻薄最大的难处在于，它需要太多身外之物做陪衬。我们可以热爱男一号的刻薄，但绝对不允许偶像剧外的路人甲乙丙对自己叽歪。算什么呢，又凭什么呢，就算有一万个受虐的潜意识，那也只能孤僻地独自享用。所以剩女总是那么多，所以杨澜跟她的女儿说，远离偶像剧，它会直接影响你的人生观和价值观。

杨师太低估了女青年的智商，偶像剧，那就是用来感官自虐的，以保证有更淡定的心态面对品种越来越多样化的男权世界。现实是什么？是连汪小菲这样的都敢说帅，写点那样的微博又还扛不住这样的压力关掉了。结婚跟耍猴似的跳梁。

有水准的刻薄是一项有密度的品质。就算出现在偶像剧这种专门忽悠女人的剧种里，男一号也被迫减肥 10 斤，虽然人人惊呼瘦到不美，但我深以为，只有刀片般的刻薄，才是刮骨的销魂。

所以，请有灵魂的上帝限量一批高精尖刻薄男。

这是新一年最受虐的消遣。

如果心中有河流，

必然会感应天空的飞鸟，土地的沙砾。

请雨落到熟悉的地方

　　有一天，总编大人来电话说：你应该去生态广场看看凤凰花，那是来自生活的美。

　　看过了。无数株凤凰木迸出烈焰般的花来，触目所及的天都被燃烧到无穷尽处。路人多有驻足，拼将一生休的璀璨，惊动了每一个人心里的硬。

　　有一天，正午爬上燕晗山。风从静处来，暨大旅游学院宿舍的走廊上，各色衣衫参差层叠，漫山却见不到一个学生。当身体再无法适应拥挤，对身边的美开始变得敏感，那是青春结业的标记。

　　年轻必然是粗粝的。对简陋无动于衷，且总是相信美在远处。

　　有一天，凌晨两点。欢乐谷的各种游乐设施在夜空下流光溢彩地空转，一群打扮夸张的人挤在一起拍大运会宣传片。"一二三，music，开始！欢呼！对对！靠拢！跳起来！高一点！小朋友！笑！OK！"长久的过片之后，再拍。彻夜反复。

那一夜被惊醒的楼友们，你们想些什么？有没有爬起来拿一支啤酒，有没有发觉，被唤醒的世界，原来空无一物却也敢灯火通明。

有一天，应邀参加同学会。不对的人永远不对，而对的那些，奇怪，你们永远不会在不应该的场合遇见。

有一天，一只狗在停车场洗澡。它的毛抖出发射状的水幕，在烈日的折射下，仿佛一只开屏的孔雀。

有一天，开编前会。编辑们对新一期策划选题一脸放空，一簇阴暗的小火在我眼里噼啪作响。如果不做人，你想做什么？我问。左耳说，床。

啊，你想被人睡。

那么这期就做这个策划吧。我笑眯眯地说，从其他角度反观一下人生有什么不好呢？

贾斯丁·比伯用 16 岁正太的眼神从墙壁上审判我。

头一扭，假装什么都看不见。

后来，大家为了抵制我，集体不交稿。你看，这就是活生生的职民地。再后来，一个叫刘小刀的，她率先发现这个策划的真善美，在她稿件的鼓舞下，其他同学纷纷在这个强大的天问下缴械——事实再一次证明，如果心中有河流，必然会感应天空的飞鸟，土地的沙砾。

　　如果不做人，做什么？我真的没兴趣。杨小果好了？

　　其实答案有什么重要，豌豆说，乱七八糟最好。

　　就这样，夏天来了。

　　祝你还敢穿比基尼。

太阳出现了，星空就会消失。

智力出现了，童年就会消失。

现在还有童年吗，星空都很怀疑。

粗俗的小清新

我确信变化的纵深很长，而截面却紧锣密鼓。

这个月处在变化中，当"思考"这种动词带来的体力消耗远甚于办公桌大挪移时，又撕又烤的我迷恋上了圆筒。

3 块钱的 M 记圆筒有着粗糙的口感和粗俗的甜腻。每天 10 点，准时下电梯，横穿斑马线，撞进 M 记，要一个圆筒。然后心满意足地，悲喜交加地，咬。刺眼的日光打在毛糙的奶油上，名叫"海马"的台风落在冰凉的口感上，红绿灯交错闪烁，报章说今天的姿彩媲美当天。

手机震动，短信是垃圾色的。

我熟视无睹过马路，确信自己够瘦。

为什么不能长胖，当买圆筒需要以光速冲过斑马线时，仿佛冲破银幕下矩阵排序的沙发客，爆米花可乐，被消费很快乐。当天和地再也不能仿佛一片，留给世界的背影只能是消瘦，更消瘦。

不能忍受太劲爆的粗口，太重口的趣味，太巨大的胸，太热气腾腾的躯体。六月是台风和烈日交替，一只圆筒以慰老怀。泰戈尔说：

墙壁是石头砌的，门也插上了。

也许你敲了又敲，可是它不开启，

但是不要介意——我的心啊。

我的心啊，但是不要介意。我在六月体验变化。你呢，高考结束，迁徙开始，爱情并不明朗，职场远没走到尽头。非主流的华德福教育用诗意告诉我们，太阳出现了，星空就会消失。智力出现了，童年就会消失。高考结束，据说报志愿才是智力的真正角逐——现在还有童年吗，星空都很怀疑。

我经历过两块钱的圆筒时期。那时候的生活并不比现在宽松，然而我们总觉得过去远没有现在浮躁，圆筒要比现在小清新。

这个月，除了雨，一首上口的歌都没有。

苹果能证明什么？

潮吗？钱多吗？实用吗？

我有 3 个不明白

我有 3 个不明白。

1. 当 iPhone 垄断了绝大多数有想法和自以为有想法的人群，我不明白，还有什么长相俊美的手机可以拿来把玩？

我讨厌这个事实。

当实用简约的 Nokia 市场急速萎缩，当新秀 HTC 在曲折中求生存，当黑莓那么那么丑，丑到只有男人说美，当 SHARP 的旋转机已经沦为前年和前前前年的潮款。当以上不可避免地成为事实，通街苹果的人们，审美还不够疲劳吗？或者一定要变得如此执着？苹果能证明什么？

潮吗？可是真理只掌握在少数人手中。

钱多吗？如果有个苹果就叫钱多，难怪苹果会脸红的。

实用吗？你知道实用不是用来形容苹果的。

周围越来越千人一面。左手苹果，右手双 C，不是佳能就是莱卡，不是奔驰就是宝马——不是男人就是女人，世界已经够单调了。这么想来，双性恋是如此的令人感伤。

谢谢 Nokia X7。虽然你长得离理想还很遥远，但是得以拯救未来手机市场这样高屋建瓴的意义力挺你。垄断是最没劲的事情，尤其对于老百姓——无论是老的还是青春逼人的，这个事实，高铁已经告诉我们。

2. 当《变形金刚 3》变成"吸金金刚 3"，我狂奔到电影院，希望再看一遍《钢的琴》，想给国产小成本好电影再捧一次场，可是，整个晚上，整个午夜场，都变成"金刚 3""金刚 3""金刚 3"，只有"金刚 3"。我不明白，为什么只有"金刚 3"。

我讨厌这个事实。

这个时候，当所有人排着队用招行的建行的工行的名目繁多的信用卡莺歌燕舞地看"金刚 3"的时候，我体会到山寨的意义——至少，它能让垄断愤怒一下吧，据说山寨机已经震惊了苹果，我真爱这些冷笑话。

所有还在放映《钢的琴》的影院，向你们致敬。

3. 我还有最后一个不明白，地球远没从震动模式中恢复过来，世界怎么又迷上了杀人游戏。

为 7 月所有遇难的人们默哀。

活着的，其实都坐在一辆车上，苦中作乐地向前。

手臂要张开，风才会冲撞心脏。

泪水总是咸的，这没什么大不了，

吃掉好了。

致没关系小姐

就是你。

你在大运的小长假偷偷摸摸找到编辑部，漆黑沉寂的一层楼掩盖不住你窸窸窣窣的生涩里噼啪作响的光和热。

你运气不错，遇到一位外表和内心都像维尼熊的前辈。他反复告诉你，放假了，时尚版的编辑们都没上班。"没关系"，你说，"那我就站在外面看看好了。"

你来深圳找工作，10多天下来，结果并不理想。"不过没关系"，你说，"在离开之前，我要来看看这本杂志。"这些从来就不懂事的编辑，仿佛跟命运商量好一般集体蒸发。于是满怀歉意的维尼熊前辈开始到处找，找一本杂志，一张卡片，一本《闷骚10年》，总之他想找一些与时尚气息相惜的物体给你做纪念。你说："没关系，与杂志有关的任何东西我都有，您不用找了。"

就是你，没关系小姐。

你感伤地说，要回去啦，回去就得听从父母安排的工作啦。

这一次，你闭口不提"没关系"。

怎么会没关系？每一年的夏秋，在流不出汗的，仿佛深渊般的冷空调里，有多少像你这样的，用爱作底线逼父母给一段短到不能再短的自由，去探索心有不甘的那一点世界。

是一定要，是死不回头的一种逼迫。这种渴望，仿佛烈日下必须要流的一身透汗，是生理，是本能。是力所能及的挣扎，是最给面子的反叛。

这真奇怪，自由不是天生就属于我吗，可总是要费劲地争取。全世界关我什么事，我要看到，摸到，心甘情愿感受到我在乎的那一点世界，它长什么样？声音美吗？性格不那么好吧。那也请让我自己搞定吧。

渴望做哪吒的人那么多，没关系小姐，我得说你有着不错的好性格。探索是青春的通道，它的好和坏都在于，未知会被这种鲁莽辐射到无穷大。通俗一点说，就是撑死胆大的，饿死胆小的。性格会决定我们的选择，好在选择从来没有最终，这可能是命运最有趣的角度。

好脾气的没关系小姐，我有你的名字和电话。就让它们只是符号吧，让遗憾成其为遗憾。我克制自己的好奇心，是因为探索发现美，但终究要破坏美。

所有的有关系小姐、不大不小关系小姐还有没关系小姐，你们在我这里，被统称为"Discovery 小姐"。

世界呈现给你的角度必然会越来越开阔，手臂要张开，风才会冲撞心脏。记住泪水总是咸的，这没什么大不了，吃掉好了。

我通常会竖起两个手指，最多的时候高达 3 个，
它们无一例外都不关中指什么事。

竖中指的能力

有一位百炼成钢的朋友告诫我："如果遇见那种把车开得过境之处寸草不生的人，骂骂咧咧是没有意义的。"她说，"得朝他竖中指，就这样。"

我身子往后一缩，警惕地看着她那根肥嘟嘟的中指——她勾起我的好奇心了。

所以，终于有一天，一辆小屁车用投胎的速度从拐弯处横插过来时，被吓了一大跳的我马上兴高采烈并手忙脚乱地朝对方的后视镜竖起我羸弱的中指。

对方摇下车窗，朝我比画出一个 OK。

——豁然发现，我竖起的是一根飘摇的无名指。

之后我有过很多次机会扳回这一局，然而效果更不堪，我通常会竖起两个手指，最多的时候高达 3 个，它们无一例外都不关中指什么事。再后来我自动弃权，没有非

竖不可的怒气，好奇是不足以支撑竖中指这种技术活的。

张柏芝开着跑车朝狗仔竖中指的年代早已呼啸而去。

当人生真正的变故和谣言来临，她已经变成一个少妇需要的姿态，而不是少女。现在娱乐圈鲜有竖中指的艺人了——是不是综合素质有了质的提高，大家更热衷玩腹诽，或者上微博指桑骂槐。据说这源自山野老妪的必杀技，一把菜刀一块砧板，盘腿坐在家门口朝着村口张三的大门，剁上一刀来上一句："这是哪个天杀的——"

这么说来，我更喜欢看老妪的孙子撞开张三的大门，破口大骂："你这孙子偷了我家的南瓜！"——这是典型的陈小春时代。

如果说现在的娱乐圈是幕僚时代，那么陈小春时期就是黑社会。那是香港娱乐圈的黄金时期，整容还远未蔚然成风，作秀的概念远未深入人心。一批一批年轻貌美的男女小明星仿佛青少年哪吒，一脸理直气壮，动不动就竖竖中指，看谁不爽就指名道姓。完全用不上人肉搜索，犯不着看客们心力交瘁。

那种荷尔蒙沸腾的年代，总有破空而来的惊喜。

比起现在进退得体的张柏芝，我更想念那穿着葱绿背心，露出粉红肩带，冲着毫无留恋的岁月竖起的有力中指。

很多事情在你年轻的时候没干过，再往下走就不太方便干了。不是不敢，是没兴趣了。是有贼胆，没贼心。

想想这个世界让我们想要竖中指的人还是那么多，有需要的时候，姑娘们，果断竖起你修剪得体、光洁颀长的中指。

离别长成你的样子，

躲躲闪闪，温开水的模样。

告别贺朗年

2001 年，我站在水磨地板上等着贺朗年搬走她的电脑。我得坐到她的位置上，她得让给我。我浑然不谙世事，并不清楚这仿佛宿命般偶然却又必然的遭遇从这里开始。我就这样近墨者黑地，相得益彰地和你们混完了 10 年。

你们是贺朗年，薄蓝，宁海。

我当然也不知道 10 年后，我还会站在你的座位前，看你收拾破破烂烂。你这个女人真是慢啊，10 年也没能让你加速。你收拾得津津有味，每一个破烂都能说出典故。

我真是烦死你了——所以我轻易不送礼的。要送就送就算死掉也不忘火化了带进地狱的吧——我不像你，我逞强，不耐烦，常常刻薄，小有虚荣心。但是你看，你还是喜欢我对不对。我和你殊途同归的地方在于，我们知道什么是对的。

凭什么总是我在送别你呢，贺朗年？还有以上提名的成员们，让我告诉你们，你们之于我的重要，真的不是你们有多了不起，就算 10 年前我这么想，现在我也早就放弃了。

一定要这样说出来吗？当然。

你们之于我，恰好在于我不谙世事时遇见你们。

时机真的很重要，我为此感谢我的好运气。上帝说要有光，于是有了光。我喜欢对的人，他们出现在对的时间。所以，我恪尽职守在原地一个一个送走你们，谁叫我来得最晚，又恰好最小。谁叫你们之于我，恍如一个时代。我会时不时敲敲老大的门，转告你们的问候：喂，你还好吧，要减肥啦。

所有的职场宝典都告诉我们，不要让工作成为生活，不要让同事成为朋友。可是我对兴趣之外的世界好奇心少之又少，又恰好从不相信战术。我在工作里生活，在同事里交朋友，我从来坚信，生活总在经验之外。

你的离开，于我仿佛一个时代的终结。这个时代早该终结了，但是因为贪恋我一贯掩耳盗铃。我不会终止有生的探索，虽然越美的时代越脆弱。在高潮来临时，我想过离别的模样，但尽我所能的聪明我也没能想到，离别长成你的样子，躲躲闪闪，温开水的模样。

谁再给我听《公主太子》，要拉我出去喝吓死人的白酒。

谁再给我说偏头疼不能吃止疼药，养生养到仿佛万年不死。

谁再给我啰啰唆唆地倾诉，然后获得我斩钉截铁的安慰。

我即将失去的，你都将失去。

谨以此，告别我的贺朗年时代。

2012
春天吓了我一跳

5年里你干了些什么呢?

所做的，所知的，所囔的，

都怎么样了呢?

梦想这种品质，

唯一抵达的途径就是熟能生巧。

你抬头问灰色的天空

有没有人记得很多年前的一篇《天很蓝 青鸟循时往返》？

一个哲学男博士写的，是他在这本杂志唯一的一篇稿。如果一定要我排出从业以来最难忘的 TOP10，这篇绝对位列前三。至今我都能回忆起那场压抑的青春里最撼动我的爆发：

"'Who am I？ Where am I？'

你抬头问灰色的天空。"

天空下的世界之大，要怎样才能不忘记我们是一个人，是只存在一次，只有一次生命来经历希望、失望、担心和恐惧，并渴望爱情和受到虚无和孤独威胁的人呢？

这么说是因为，你们来信问我：我找不到我的梦想了，它到底去了哪里？

在绝大多数的生活中，谁会向你这样劈头盖脸发问，问这么，一不小心就会被人笑的问题？而且，还这么童言无忌，理直气壮？

——谢谢你们的信任。

所以我爱我的工作，也所以我要认真地说，梦想这种东西，当你总能想到它的时候，它就没法丢。而你的困惑，无非是因为抽象的理想在生存实践中被技术化——光芒被稀释的过程，总令人害怕。

我的前任主编吓唬我，当你越来越适应杂志，文字能力就会变弱。一开始我深以为然，以为我跟我的热爱，就像一门远房的亲戚，已经谈不上什么血缘。曾经作为一名过于清高的文艺少女，我在数学课上一遍一遍地读毛姆的《刀锋》，并感同身受地认为，自己就是书里的拉里，永远听凭内心的声音，是"治学路上，单匹的狼"，由此忧郁地认定自己前途坎坷，人生孤独。

好在前途见多识广，不配合这种矫情的想象。

害怕和迷惑仿佛孪生，所以人和人并没有本质区别。孤寂感是每种恐惧的根源，而寻找快乐是唯一的出口。热爱文字，在现在的我看来，不过是我寻找快乐的工具之一而已。没错，梦想是抵达快乐的工具——那个长得不错的周柏豪说：人要有梦想，是必然的事／只要我的血还是热的／我也会留守到最后／最后。

12月18日，这一天天气晴朗。总编去看了长达7小时的滚石30周年深圳演唱会；编辑薇卡在MSN上签名：2011年年度最遗憾，错过滚石30周年演出。我不清楚总编是去缅怀老年张洪量还是高龄刘若英，我也没想到薇卡小小年纪就有这么老成的遗憾。我只是想说，梦想以温热的状态寄托在各种胸怀中，他们微笑并孤独着，和年龄无关，和性别无关，和阅历无关，和感受无关。

梦想这种品质，唯一抵达的途径就是熟能生巧。

你所喜欢的人和事，他们必然在某处相通相惜，

凭着爱游刃有余，有恃无恐。

能够生存就有恃无恐

因为这个总是存在着的卷首，老大常常教育我。

不够诚意，短，太随意，没写好。前三者是态度问题，我通常不放在心上，后者就不行了，是原则问题。

挺好的，我嘴硬，反正很多人喜欢。

老大笑，你这是典型的恃宠而骄。

——最近我迷恋大卫·葛瑞特（David Garrett）。

大卫·葛瑞特，天才提琴手，德国人。4 岁时随便拿起哥哥的小提琴，不过两个月，已经小有造诣的哥哥被迫转学钢琴——老大真是难当，尤其碰上一个天才弟弟。

大卫·葛瑞特要命的地方在于，他终于颠覆了提琴衬礼服的审美疲劳。处处优雅的生活造作且缺乏生命力，直到 14 岁，大卫才第一次听到流行乐和摇滚乐，他简直惊呆了，于是，这个少年的弓弦从此开始玩跨界。

　　当 30 岁的大卫在 *He's a Pirate* 的海盗旋律中，在观众席的不知某处骤然出现。小呢帽扣在金发上，吊裆牛仔裤，仿佛我们点击手机触屏般理所当然地拉着他的琴。从来处来，他四处游荡，心旌摇曳的观众追随着他深灰色的外套。在激荡的乐曲和人声中，他流光溢彩，俨然一场柯艾略式的牧羊少年奇幻之旅。

　　音乐最动人的时候，通常是在我们听懂的时候。这样热流涌动的演奏会，令人沸腾。

　　热爱的确是人生最直驱的电动马达。大卫·葛瑞特曾经就读英国皇家音乐学院，就像我们对热爱的天才所期望的那样，他逃课并偷用导师乐器而被开除，并偷偷面试了美国纽约的茱莉亚音乐学院——这是他父母坚持认为他不需要的。

　　主流意义上的成功，动人的那一面常常来自于反叛。因为只有热爱才能驱动叛逆，而一味顺从，必然衍生无趣。哪怕郎朗对着咆哮的河水弹《黄河颂》，也无法让我感受激荡。他越投入，越忘我，越让人想到这样那样的访谈和演讲中，关于他练琴练到绝望想放弃时，父亲以生死相胁的偏执。被扼杀的热爱，必须用成功来抒发苦大仇深。

天才是用来颠覆的，让人从经验中觉醒，于混沌处激荡。

在柏林演奏会上，大卫·葛瑞特演奏迈克尔·杰克逊经典的 *Smooth Criminal*。在昂扬的鼓点之上，在电吉他的轻浮当中，置身惊蛰般的云端，你会发现，你所喜欢的人和事，他们必然在某处相通相惜，凭着爱游刃有余，有恃无恐。

谢谢这世上，所有让我们默默地恃宠而骄的人和事。

春风一吹想起谁，

有人唱胡不归。

春天吓了我一跳

晚上 9 点，一片粉绿里夹着猩红的新芽从光秃的枝丫上掉下来。

啪嗒——

砸在这面油光光的小桌上。我趴在桌前，如痴如醉地吃烧烤。密布着小小绒毛的嫩芽啪嗒——吓了我一跳。春天来了，这个城市完成春的步骤只用数周。先是骤雨般地落叶，然后抽芽，芽苞展开，绿一层，再绿一层。都还来不及眨眼，整个季节就闲下来了，像是跳了级的优等生，置身事外地等着其他笨鸟总也飞不动的春。

在这样不肯喘气的节奏里，我从金针菇、豆皮、羊肉、豆角、大白菜、茄子、鸡脆骨的饕餮中，从孜然、茴香、桂皮、辣椒加上炭火蒸腾出的，迷人又混乱的气息里抬起头来——朗月在树梢，炭火随风而上，烘烤着它往上升腾，三三两两囫囵的吃客，三三两两的嫩芽次第溅落。

我久违这样的日子，原来有这么多年了。

多年后的羊肉仍然没有注水，大白菜很甜，鸡脆骨很干，小卖部康师傅面饼下的小彩电里，甄嬛正和果郡王私情甚欢。手挽手，穿着夹脚拖的女孩涂着豆蔻色的指甲油长叹一声走过去。对面的酒店，戴着白手套的服务生弯腰给客人开门，他的巴拿马帽上有赭色的缎带垂下来。远处世界之窗的焰火炸开在树冠之上，又像雨水般扑簌簌掉下来，吃客们无一回头，淡定如无感。深南大道的车啊，多得催心肝。

春风一吹想起谁，有人唱胡不归。

5 年须臾过去，垃圾食品的夜晚仍然这么销魂，这么热泪盈眶。

5 年里你干了些什么呢？所做的，所知的，所爱的，都怎么样了呢？而我，我只想趴下来，趴下来，让所有的嫩芽都砸在我的头上，让要命的春风催眠我，让我看不见日复一日——让我不记得人生和人生其实不过如此，大抵相同。

我们需要这种时刻，抽离了时间，剥落了躯体。了无心肝地想一想我是谁，无一例外地想也想不清楚。吃饱，喝足，又回到自己的人生。也会未雨绸缪，也会走一步看一步，大多数时候按部就班，小范围内不计后果。

很多年前，就是麦当劳都还很稀罕的那个很多年前，在学校图书馆的草坪上，发小问我和闺蜜将来去向哪里。我一脸懵懂。她又问："将来有一天我去到你们的城市，你们请我吃什么？"

闺蜜很气贯长虹地说，麦当劳。我当时就被怄笑了，虽然肤浅是少女的本分，这也未免薄得透明了。好像当时我说，请你翻墙到图书馆的草坪上吃蛋糕吧。发小也笑了。

我以为我做得到，我以为时光带不走，是要很多年后的今天才发现，闺蜜的许诺有多实惠，而我，空有翻墙的心，没了找墙的力，就想找一个陪着吃烧烤的闲人，狂啃脆骨就落花。

就这样，烧烤一夜，春风下，嫩芽绿得翻脸不认人。

人最终获得的安慰，不是怀抱，是睡眠；

最终获得的重量，不是肚腩，是闭上眼睛突然的黑暗。

我在寻找存在感

我已久未察觉我的存在了。

我到哪里去了？

生病时，我们会惊觉肉身的存在。这种存在像站在高楼上往下跳，嘭的一声，足以把所有生的意识唤醒。然而这种存在过于真实过于原始，且疼痛，不美。我没有生病，我到哪里去了？

我仔细过滤我的每一天，忙碌和懒散是真实的，时间的不够用和挥霍是真实的，焦虑和欢喜是真实的，花钱和冻得胃发硬的冰是真实的，失眠和睡不醒是真实的，那些半夜滑落到胃里的水发出的声音都是清澈的，然而这些都不是存在感。我试图唤醒，买来一堆书，有的没法看下去，有的让人眼泪都掉下来了，但仍然感觉不到存在。我对微博没兴趣，对身外事没有好奇心，高考的存在感是青春的，欧洲杯的存在感是荷尔蒙的。

而个体的存在感，终归是稀薄的。

每一天，我在侨香路口看见那只黑鸟在单薄高挑的路灯顶上砌窝，或者就那么健硕地站着。在华侨城树影斑驳的车道上，在忽大忽小、明灭之间的光斑里慢吞吞地钻行。在瑞河耶纳看见几朵向日葵开了，然后有一天又谢了。在回家的路上看见尽头的云或者墨黑一团，或者嵌着亮红色的惊蛰般的光，也或者就那么白着，反正天不是灰就是蓝。树叶纤毫毕现，大片大片地放着光。那光让我顿感存在的美和饱满。

然而这饱满也是稀薄的，且不具备交流的条件——过于私人的感受，你拿到哪里去说呢？饭桌上？微信上？逛街的路上？有些感受一出口就是矫情，而在马桶上千折百转了很多回圈，终归也只是一鼓作气冲掉了。

我在寻找存在感。如果在这条游手好闲的路上遇见你，我就请你喝上一杯。人最终获得的安慰，不是怀抱，是睡眠。

我在寻找存在感，虽然并不专心。我总想躺下来感受到我的重量。人最终获得的重量，不是肚腩，是闭上眼睛突然的黑暗。

寻找是人生的常态。

组团寻找今夏存在感，团费包场唱 K。

像那些你不稀罕的身外之物一样，

他人的灵魂终归温暖不了你高纯度的胃。

爱是一场麻疹

　　情感专家说，爱情不是出麻疹，一次遭遇，终身免疫。所以，就算在结婚之前遇到了爱情，也不能保证在结婚之后不遇到另外一场爱情。

　　没错，未来的魅力全在于它的未知，但人对未知怀有的美好期待，都必须建立在你有限，且必须明确的已知之上。

　　爱情之所以不只发生一次，是因为它会以不同的状态呈现。而最要命的那一次，就是出麻疹——尤其对于男人，出个把次基本就免疫了。就像我喜爱的女政治学博士刘瑜说的，以后就算得了，也是小伤风小感冒，不耽误他朝着牛人的道路一路狂奔过去——话说回来，男人这样也才值得爱啊。

　　就像麻疹也迷恋萝莉和正太，青春多美好，病中的肌肤手感仍然弹性十足。在对的年纪遇见对的人，然后干点对或不那么对的事。没关系，没有成王败寇，睡梦里一场痛哭，也像穿越帕瓦罗蒂的歌剧，触目亮堂。太多的事情跟青春绑在一起是美好，一脱开这层底子，顿时暮气沉沉。所以麻疹状态的爱多发于青春，那也的确更配叫爱情。

也所以，虽然情感专家教导我们，合适是幸福的基础、爱不是生命之必需，但如同作为父亲的罗杰斯对女儿所说，一定要相信，有爱方可结婚。

爱，是一对单薄男女抵足而眠最发热的力量。

但青春多短暂，不过一场抚摸的温度就凉了，情感专家会说我以爱之名误人子弟。那么，如果青春不能等着无望的爱来蹉跎，如果麻疹在人生的任何阶段出现都有它的美——没错，最美都不过夕阳红。

何况，说真的，在这个世道，已婚男人多可爱。这么一想，姑娘们也觉得来一场高质感麻疹未尝不可——前提是对方得像保留贞操那样珍藏着他的麻疹，而且恰好是留着等你。如果以上条件都具备，那你就爱吧，偷偷摸摸也未尝不是一种轰烈。猜都猜得到，你对他的家庭、事业、财产通通没兴趣，你贪婪的，无非是一颗诱人的半老灵魂。

也的确是诱人的，有热量、有力量，那些和你无关的岁月成就的美感，你无偿享用真是很欢喜。然后，你揣着这颗老灵魂打算怎么办呢？当你发现怎么拿都是别扭，怎么拿都嫌不够磊落，你一生气、一不甘心就把他给吞了。

很快真相就会告诉你，你痛到消化不了。

痛，是存在的本能，也是这场麻疹唯一的美。你要在那销魂的痛楚中慢慢明白过来，像那些你不稀罕的身外之物一样，他人的灵魂终归温暖不了你高纯度的胃。

要在不对的关系里出麻疹，就必须承受错就是错，对也是错。

刘博士曾哀叹：我想我就是现在遇上一个心爱的男人又怎么样呢？一个没有和我一同愚蠢过的男人，有什么意思呢。而我们就是从现在开始愚蠢，也已经太晚了。

晚吗？有点。谁叫你爱点高呢。

在我看来，早晚不是重点，重点是，姑娘，你要等得起。

他穿提花睡袍，玫红缎面上别金色天牛，

像是从爱丽丝的幻境里刚刚爬出来，

矮胖，华丽，魔幻，带着鬼魅的诗意。

意淫的夏天已经结束

萎靡的神经最近被清唱团刺了一下。

完全是因为矮胖秃的黄伟文穿着永远也看不清结构的黑裙衫，一撩裙摆，君临天下地说：谁用一首歌的时间和我做朋友，我就选他。

用编辑的话说，呢个就係我哋中意嘅 feel（粤语：我们就是喜欢这种范儿）——不需要任何铺垫，不看综艺节目——不，基本不看电视的我亦步亦趋，遥控器锁定深圳卫视。这些越来越专业的歌唱比赛要命地炮制出一批醉生梦死在舞台上的小孩，歌真是唱得耳目一新的好。另外，原来何炅老了以后，终于修炼成人形了——他当评委和主持节目一样，虽然都有点用力过度，但前者显然更像一个男人干的事情，聪明是聪明，才华是才华，抖得干净利落。

最后，还是要说回我们的 Wyman。在内地的舞台上，他真的有点水土不服，但这完全不妨碍我对这个老男人的喜爱。他穿提花睡袍，玫红缎面上别金色天牛，像是从爱丽丝的幻境里刚刚爬出来，矮胖，华丽，魔幻，带着鬼魅的诗意。当评委远不如穿衣服来得重要，这境界显然高过了何老师。

我对黄伟文写的粤语歌词体会不如对林夕的深，但我真喜欢看这个出名会穿衣的胖子给自己配搭衣服，穿什么都不介意地带着他的小肚腩——和他的秃头一样圆，须发修剪得性感得体，笑起来的时候，真是洋洋得意的天真啊。

美原来真是不讲什么道理的。如果不是黄伟文，这样的矮壮男走在大街上真是有碍观瞻，可谁叫他是黄伟文。

美没有固定搭配的形容词，只有固定搭配的名字。

当然，对于这个刚刚过去的夏天，最诱人的真相是，谁能告诉我，这四年到底发生了什么，又是谁，让林丹突然如此惊艳。

显然不是红牛，那么是谢杏芳？

显然也不好否认。

总之，在经过了一个又一个、一个接一个荒芜的四年之后，中国的奥运队伍里终于出现了一个猛男。没错，唯一的一个，真够安慰人的。

姑娘们，意淫的夏天已经结束，秋天来了，我们该干点什么好呢？

羊肉和香菇仍然绝代双骄，

生蚝和脆骨坚持神雕侠侣。

见鬼的 10 月

10 月有两件事，万圣节和规划会。

据说万圣节的晚上，欢乐谷有 5 万人在和鬼玩，玩到日出而散。

每个晚上我从高处俯瞰人潮涌动的欢乐谷，试着找找青春刚刚开始时，那只和我一样大的鬼这个月有没有来。几年过去，我似乎从未遇见过它，梦里都没见过。而万圣节年年生猛。

2012 年最后一期策划会。

一圈人围坐，一眼扫过去，我在这帮人蛔虫一样的眼神里照见了自己——

凭什么 2012 就这样被我们草菅掉了？

明明深秋还在吹冷空调；明明要做的事已经蹉跎了可见的未来；明明年底还深深不见底。凭什么 2012 还没有结束，而杂志却要率先结束？

凭什么我们总要跑在时间的前面？

然而又凭什么，明明跑在时间前面的我们，总在追赶时间——以及被时间收拾掉的其他，一些你试图记住的人，一些你妄想实现的事，一些你企图触摸的爱。常常鸡零狗碎，不值一提，然而一想起来，又总是觉得伤了点心，遗了点憾。

扯远了。

关于 2013 年的规划会开得有点豪华，在这么豪华的酒店里，大家轻易就觉得嘴巴有点淡，于是深夜集体打车去吃街边烧烤——它恰好就在欢乐谷旁，是春天里，嫩芽砸穿了油桌的那一家。

10 月，久晴不雨。灰绿的树叶污浊不堪，小店的屋檐下挂着幽灵剪纸，一只大狗戴着米妮的蝴蝶结头箍冥思苦想。烧烤知己"王老吉"已经更名为有腔调的"加多宝"。

好在羊肉和香菇仍然绝代双骄，好在生蚝和脆骨坚持神雕侠侣。

一群人讲鬼故事，殡仪馆的陌生人和太平间的熟人。一群人又玩一圈真心话大冒险。虚张声势，百无聊赖。

夜深，我在并不深入的热闹里回过头，看见背后的城市一片狼藉，对面的酒店像荒野里的城堡，灯火怎么看怎么远。三两出租车鬼魅地穿行，一些单薄的笑声飘散，风刮起满地的纸袋，恍如一座空城。

10 月到了，万圣节之后，年底真的就见了底。10 月将逝，我们在 2012 的挟持下读 2013 的杂志，这听起来就像一个有真爱的鬼故事。

时间是场悖论，在意识里短暂在躯体里漫长。

有首歌唱：世界尽头建了座花园给你，我们可以一起做些小事情。不用在乎人生的真假，你知道我会一直陪伴你。

我对小清新没兴趣，但还是打算坚持建世界尽头的那座花园。我们不打算陪伴你大事，我们常常鸡零狗碎，不值一提——

我们就是那些你一想起来，伤的那点心，遗的那点憾。

那点余地，想想就得意。

当你冷得一激灵的当口，

一勺瓢泼一样的月光，

兜头就将你罩住。

在平生最快意的一泡尿里

我爬上金沙江的半山，夜像一只用旧的锅，二话没说地倒扣下来。

哐当——世界就暗了。

在黑暗里的江水更加咆哮，我偷了放在客栈桌子上的一只崭新的铝制水壶，灌满一壶热水，放在脚畔，睡了。

这是金沙江边上著名的张老师客栈，我并不是慕名而来，而是误入歧途——当我手脚并用攀爬上嵌在山崖上的铁梯，真的后悔没有立个遗嘱，将我的尼康F5与我一起埋葬——虽然它永生都只能是一只胶卷机，反正我，一生也是只能做一件事情的人，这么一想，我们多么绝配。

半夜，山风刮得像狼嚎，拼命地撞门。我非常担心地抱着那只铝壶，不能确认风还是狼真的会破门而入，将我吃得体无完肤。这样天和地十指相扣的地界，叫人怎么睡呢？不知道会被天吞了，还是被地给埋了。这么一想我尿意十足，决定起来在他们这个著名的厕所里拉个热气腾腾的尿。

这个著名的厕所真的在全世界都很有名，因为山风会从茅坑里赤裸地灌进你的屁股，让每个毛孔瞬间都灌满叮咚作响的冷。当你冷得一激灵的当口，一勺瓢泼一样的月光，兜头就将你罩住。

怎么说呢，你一定见过最清澈的月色，月如盘口，星如碗口，但是你没有感受过月亮的温度——而且是在拉尿的时候。让我告诉你，月亮其实没什么温度，透骨洁净的凉，凉得你的灵魂都出了窍，凉得你在瞬间看见了世界的模样，凉得你突然看见了人生的尽头。

我在客栈外呆呆地站了很久，野旷天低，是要有多空旷的山野，才知道天低得有多让人喘息。

月光把人的影子都冲没了。我在陈旧的墙壁上看见一张寻人启事，一个叫大卫的美国人，3 个月前从这里失踪，再也找不到了。我默默地看着，我相信他的家人再也找不到他了。月亮也许让他看见了比我所见更纯粹的世界——或者说，幻觉。

第二天，我把水壶放回原地，走了。

就算生命真的是一场幻觉，我在这场幻觉里拉了一泡平生最快意的尿，够本了。

从此还怕什么呢？

2013
骑五花马 披千金裘

很想去远一点的地方，

哪怕站一站都好啊。

站一站。料峭春风吹酒醒，微冷。

很想去远一点的地方，

哪怕坐一坐也好啊。

坐一坐。归去，也无风雨也无晴。

爱情这种事,

最美的状态就是小姑娘杠在家长的宏论面前,

没心没肺地说: 我乐意。

一场纸上谈兵的爱情

　　每个月, 我需要看很多很多——我是说海量的爱情稿。

　　爱情纸上谈兵最大的好处和坏处都在于它利用文字而无所不能。我相信爱能抵达未知, 但从会恋爱开始, 本能地厌倦任何的无所不能, 那些总想彰显自己无所不能的人和事, 如果不是显得无知, 就是显得更无知。少年时, 骁勇的无知叫无畏, 而炫技的无知叫轻浮。年纪大了, 无知只会令人犯困。有些女生困过了头, 于是顺理成章地被剩下。

　　但是没关系, 外焦里嫩的心灵更有春天。

　　比如我邮箱里绵绵无绝期的倾诉。又比如每个月必须翻腾出几篇意乱情迷爱情稿的我, 在海枯石烂中, 在奄奄

2013 骑五花马 披千金裘 / 135

一息中，接到老发小、高知剩女的电话，她说：最近遇到一个男人——

我精神为之一振，坐直——

男，帅，已婚，45，有上高二的女儿一个，分居至今未离。

生活往往比文字更麻烦，这得假装多无知才够爱得起来。我肝肠寸断地问：什么是至今未离？

等女儿高考完吧，而且，他说他的妻子贪得无厌，所以她不让步，他就奉陪到底。

女儿高考完这种理由通常不值一提，我好奇他的奉陪到底。

所有打算让男人为自己抛弃妻子的姑娘，比起老女人装嫩，这种孤芳自赏更要命。男人离婚，大抵只有一条理由，跟前任过不下去了。对一个女人用到"贪得无厌"这种词汇，净身出户大概都不足以表其决绝吧。又或者，就算如今过不下去，念及相濡以沫的过去，她不让你你让一让她也是为人的担当吧。奉陪到底只是两个理由的托词：薄情寡义；余情未了。

判断一个男人的成熟度，无非就是谁最能把妥协玩得丝丝入扣，花团锦簇，在妥协中迂回前进，直抵永生。当然，按照我们小时候通俗的说法，这也叫狡猾，再成年一点的说法，还叫残忍。

我的发小那么聪明，但聪明从来不是狡猾的对手。

他要是总不离婚你怎么办？

那就不开始。

怎样算开始？感情这种东西，开始又从哪里算起呢？他如果离婚，你爱他是爱情，否则，就是奸情。

她挂断电话。我发懵。

人生处处有道理，唯独讲道理的恋爱真是丧尽天良。

爱就是爱，爱一个人与他身外物无半分干系。

爱一个人，别说一个老婆还分居，就算他有 8 个老婆夜夜笙歌，你也义无反顾，爱情某种程度就是飞蛾扑火——有爱的能力，就有重生的能量。谁能说爱渣男不是爱，爱伟人才算爱呢。某种程度上，在感情里，越伟大的男人越渣男。别借爱的名义找对象，前者冲着人，后者直指婚姻。

我信他对你是体贴的，多情的，也是步步为营的。妥协固然是智慧，但哪个女人不希望喜欢的男人为她而坚持呢——虽然明知道没有特例。爱和道理到了某种境地，从来就是农夫心内如汤煮，公子王孙把扇摇。绝对来讲，它们无法兼容。可是这些我能跟你说吗？我连邮箱里的女生都不能讲。无论道理有多现实，爱永远是一己之事。有些气只能自己给自己打，能拿出来讨论的，那已经不算纯粹。

爱情这种事，最美的状态就是小姑娘杠在家长的宏论面前，没心没肺地说：我乐意。

所以，既然恋爱更合适青春期，我没法对你说，去爱吧，就像从来没被骗过一样。

只有你自己搞定。

无论是受伤，甜蜜，还是重生。

年底是深渊啊，

除非你愿意爬出来看看天。

今天不想见任何人

今天应该加班。

可又不想见任何人，于是我没有加班。知道为什么我爱我的工作？因为它给了我自由，从躯体的到精神的——有时候也会想，这自由其实已经捆绑了我，管它呢。

我在家里晒太阳，远处，天和海还有阴霾三位一体，白得空茫。此刻躯体和我的思维一样浮游，像在白茫茫一片的海一样的云，还是云一样的海里逐流。空茫——无所谓去向，无所谓冷暖，无所谓存在。

我不想见任何人。

翻柴静的《看见》，她说，这辈子决定你悲欢的就是身边的几个人。

左耳坚持不肯在紧张的路口跑步，他说，不帅。有时候我想拿把刀，把小胖捅成一个先进。而刘小刀，她冲着我吼：谁爱干谁干，我不干了！胆子真大。

我看着她。通常，这种时候，我会变成世上最温和的那个人，不由自主。

我在编辑中心的格子间逡巡，顺手偷走看上的任何小文具。物主找不到它们，都会会心一笑。有什么比让我偷走更值得放心的呢。对你们，我厚颜无耻，我要你们都好好地活着，不失散。

少年时，高年级的师兄说：你这么单纯，以后怎么混下去。

然后他又自我开解说，不过没关系，天真自有天真的保护。

我回头看看他。那个年纪的柴静正在《夜色温柔》，很多同时代的人，那些在长沙长大的学生，应该都记得她清澈而固执的嗓音："大家好，我是柴静。火柴的柴，安静的静。"

天真的人自有一种直抵人心的真诚。

最近常常加班。当我在华灯下一路狂飙，会反复地听一首歌，会重复地念诵那日恰好被击中的某句话。会想着，哦，还有明天，心里由此安然又涌动。命运自有安排。

最近我常常这样想。

日复一日，我们在有限的命运里获得有限的认知。黄耀明说，谁介意晚节不保，笑一笑已苍老。李商隐说，深知身在情长在，怅望江头江水声。黄伟文说，付账单令我舒畅。他人的触动，会穿越成我的触动，这就叫共鸣。

年关将近，每天从电梯里升降，都能听到各种公司的各种年会的各种聒噪，无一例外，它们必定有《江南style》。年底是深渊啊，除非你愿意爬出来看看天。

今天不想见任何人——包括我的杂志。

像你们一样，今天我也很想去往陌生，最好被谋杀；像你们一样，今天我需要一个人好好溺水，最好窒息；像你们一样，今天我随便看几页书，只是某一句的触动，我就坐起来，找键盘。

天，海，阴霾三位一体，白得空茫。我从空茫里慢慢上岸，开始有欲望——自由的能见度和代价成正比。

我们为什么要卖力工作？

柴静说，因为乐趣。

当然。

热闹易生虚无，而安静催生坚定。

安静是青春最舒缓的良药。

致想认真读一本书的姑娘

读一本什么书好呢？

请给我推荐一下吧。

当我的邮箱因为招聘而被各色唐突的简历充斥时，你的唐突因为格格不入而显得更唐突。

你在一个国家级旅游风景区工作？其实就是个乡下！你说，两个女孩住一间房，一周只能返城一次，工作太枯燥啦！

可是，一茬茬的毕业生锥刺股般地考取公务员，不就是为了最后喝着茶，一咏二叹地哀嚎枯燥吗？但你的枯燥来得格外没必要。

在足够年轻的时候，我总认为，要有一段时期，孤独比群居好。而你恰好身在"乡下"，这个乡下叫百里杜鹃，大约杜鹃开起来的时候有着火烧连云的壮观吧。清新的空气，豁朗的星空，一个不一定非要跟你成闺蜜的同龄女伴。最重要的是，安静，它广袤无垠，汩汩如动脉。

相信我，安静是青春最舒缓的良药。

你让我想起我的青春。在公司市郊的宿舍里，屋前一个篮球场，屋后一个篮球场，而我的单身宿舍，空旷也如一个篮球场。因为太冷清，经常整层楼只有我一个人住。风从屋前穿堂而过，闭着眼睛就一举刮倒了屋后的嫩枝。

我就是那只篮球。大部分时候静默着，小部分时候这里拍拍，那里拍拍。旁人看来无边的寂寞，而我浑然不觉。我想了想，那种时候看什么书呢？真的没怎么看。

那段并不算长的时期，我用来做了人生当中很多重要的决定。

小得一塌糊涂的年纪无知无畏，坚决地要自己决定任何人、任何事。如果再热闹一点，如果影响性情的元素再多一点，会怎么样呢？艾老师数十年如一日地教导我们，选择没有对错。但在选择的当下，就是非此即彼，非对即错。而选择于我毫无痛苦，并未意识到人生于此的不能回头，那是因为，当我固执地杵在家徒四壁的篮球场上，吹动我的除了春风，就是朔风。

热闹易生虚无，而安静催生坚定。

那些年贞子很红。

冬天回家天黑如深海。

路上淋了雨回来有男生坐在门口等。

半夜会被举着火把抓小偷的壮汉们惊醒。

那些年没有数码相机，如果小偷知道我有尼康 F5，一定会撬开我的门。那台杀鸡用了牛刀的相机陪着我，拍过门前一棵大玉兰各个角度的花期。

后来，是在一场春风下还是一场朔风中，我离开了那个城市。告别那一天，站在公司的写字楼下，记忆里无端一句话：定王台下车马喧。

从此就再没能回到那样的生活，一个人坚定地做决定，一个人坚定地饿着。命运真的自有安排，如果你觉察得到的话——比如，在 20 来岁的年纪，让我安静地守着 3 个篮球场。我很聪明，知道它的目的并不是让我学会打球，而是朗月当空地告诉自己，要什么，要去往哪里。

所以姑娘，读什么书不重要，重要的是，当你想读书的时候，拿起来读就好了。枯燥不重要，重要的是，当你枯燥的时候，有办法让自己不枯燥就对了。

百里杜鹃，当你 35 岁回想起来，那是千朵万朵压枝低，连绵不尽而又必定会戛然而止的美。

哪里有骑五花马，披千金裘的姑娘，

我想拉住你喝喝酒。

骑五花马 披千金裘

　　春天又要完蛋了，这令人惆怅。

　　雁群啪嗒着翅膀，肥硕，整齐，像光投射在暗黑墙上的巨大剪影，从窗前黑黢黢地飞过。我盯着它们看，突然就笑了。什么迁徙，纯粹是二流子劲上来了，春风一吹就想起千山万水的美。

　　二流子最擅长表达美。

　　什么争渡，争渡，惊起一滩鸥鹭。什么野旷天低树，江清月近人。什么五花马，千金裘，呼儿将出换美酒。什么晴川历历汉阳树，芳草萋萋鹦鹉洲。最不济小时候被课本歪曲的劝君莫惜金缕衣，劝君惜取少年时，后面也要紧跟意淫无限的花开堪折直须折，莫待无花空折枝。唐宋诗词里各种的美，原来都是写的人毕生浪荡，以致对美熟能生巧，信手拈来。

以做杂志的狭隘来看，不过都是字字千金的旅游稿。越看越觉得常态的无趣，想无所事事，想赤手空拳，想到处游荡。

百里杜鹃的小姑娘说：4月我们这里最美了，你来吧。MSN上的陌生人签名说：浪一个荡，则春天可过，四季可过，人生可过。

浪荡，俗称打流。

没有丝毫浪荡的青春是有遗憾的青春吧。金缕衣碍着少年什么呢？少年时惜取不惜取终归要过去，有件金缕衣摩挲也算是具体一点的缅怀——何况，我们对金缕衣的追求随年渐长，在努力工作的驱动力里位列前三。胡因梦说，年轻时对锦衣华服的追求换到她现在的年纪才明白多么的没必要。没必要吗，我还没老。倘若年轻时没有死要漂亮，老了又拿什么来四处演讲必要和没必要呢？

凡经历才成资格。有些道理从别人的人生里感受就够，而有些道理当它在我们的躯体内生成那一刻起就自成冷暖。不好说，一说就活脱一个闷屁，臭且尴尬。

这个春天，3月像一只闷锅煮着池塘里的浊水，令人无端气短。而一夜大风，清明将至的雨刮得天空倒流。湖里的鱼跳离水面，鳞片带起光亮的水柱。灰雁成群，起飞的姿态远胜去年冬天来时的虚弱。一切的按部就班里暗涌着勃勃生机。

很累，很想去远一点的地方，哪怕站一站都好啊。

站一站。料峭春风吹酒醒，微冷。

心里空茫一片，很想去远一点的地方，哪怕坐一坐也好啊。

坐一坐。归去，也无风雨也无晴。

据说这是打流的最高境界。

哪里有骑五花马，披千金裘的姑娘，我想拉住你喝喝酒。

　　我不向往远方，而更好奇探下头，

　　看看脚底的深处，更深处，那地壳的位置，

　　为什么会让我震动，让我沉迷，让我欲罢不能。

好奇的猫不死

　　像一只猫捉到一只扑腾的鸟。

　　扑上去，再退一步。不着急吃，是为了好奇、新鲜，为了好玩。

　　八卦和好奇，在我看来有质的区别。前者纯粹亵玩，在别人的水深火热里事不干己地消耗自己的狭隘。而好奇心，它会为感受鱼而没入水底，它追求体感，渴望纵深。它会沉浸，会将自己变成好奇的一部分。嗯，好奇害死的，都是蠢猫。

　　最近慢热地沉浸于一件新事物。

　　周刊——我顿下来想了一想，说不明白到底应该表述为报纸，还是继续用"杂志"这个烂熟的破词。飞轮般旋转的大脑于半夜惊醒，会突然想，在这条路上，我要走到什么时候。有一些我以为不会失散的人都在这条路上慢慢散去了。有一些我总以为不会错的道理，在这段光阴里慢慢也无所谓对了。

厌倦吗？好奇心以及天生的好胜心驱使意志前往。

热爱吗？那一路狂奔的亡命，我已经厌倦被它绑架。

有时候我也上上豆瓣，有时候我也看看微博，有时候我也回回我的 Gmail。现在的读者和 10 年前太不一样，又似乎并无质的不同。你们以跑步的速度成长，然后离开或者聚拢。这一场有温度的陪伴，有距离的观察以及漫长的自省让我深信，成长无非一场复制。它有必然的成分，青春、敏感、粗粝、蓬勃。在这张纸上呈现的不同，也无非是光感的角度——

大同小异。

这 10 多年我不由自主地做着这么一件事，在大同里探索些微的不同。这个世界上坚持做一件事的人已经太多，他们激励不到我，然而那不同于我有光。

像一场深潜里的光。

50 米之后渴望 100 米，100 米之后渴望 200 米，我好奇那深一点，更深一点的地方，它能给到我什么，它能带我去哪里。我不向往远方，而更好奇探下头，看看脚底的深处，更深处，那地壳的位置，为什么会让我震动，让我沉迷，让我欲罢不能。

这就是我的陪伴和坚守——我懒得谈热爱。

远方时时有人抵达，远方有更多的人随时在出发。我的掘地三尺，终归也会是他人的远方。有不停歇的离开，就有新的不息止的到来。在这流动的河床之下，我掘出的土筑成小堤，在洞的深处，为我微小的乐而奇趣无穷。

每个人都有自己的软肋，每个人都有自己的硬伤，每个人都有自己的坚守，每个人都有自己的奇趣无穷。祝你早日痛，晚日欢。

凡事如果不是常态，都易生美。

不加班的人生写不出好履历

凌晨 3 点，雨后的深南路反着光。

华侨城从汉唐大厦到威尼斯酒店那小小一段辅道，是我开车时的私藏——尤其不请自来的日暮。

路笔直，有蓄势的坡度，滋长长驱直入的快感；道旁的棕榈树直挺孤僻、硬而铺张的枝叶于半空交错，天光云影，如果有一首仓皇而至的歌，浮生就陡然若梦了。

今天我加班至凌晨 3 点。

它让我想起来，上一次彻夜的加班已经是 10 年前。

10 年前，我陪我的上司加班（听起来相当谄媚），她看打稿、核红，我在旁边的沙发上半生半熟地睡。现在想起来，她是日子过得有多空虚，才非要把白天随便搞定的事情放到夜深。仪式感是人虚空时的一种病态，它让人顿生盎然。

有这一类病的人，通常都特别自爱。他们不大注重社会仪式，却将一个不得入睡的黑夜把玩得其乐无穷。天空就在这臆造的仪式感中渐次发亮，我会在楼下铁门开锁的声音中惊醒，爬起来说，下班啦。

10 年后我在电话里笑：原来当年你是有多空虚。

两个人晃荡着去桂园路边的肠粉店吃豆浆油条——油乎乎的条凳一拖，在腾腾的热气中，于他人的寂寞中，我不知觉又痴长了一夜。人与人之间真正深厚的情谊，往往滋长于不知觉，人与人某一时刻的靠近，往往全无道理，是命运作祟。

10 年后的凌晨 3 点，被地铁施工割裂得歪歪扭扭的深南路上我清醒如小兽，于每一个红灯路口条件反射般刹车，往前是墨蓝色的，深渊般的夜，令人想纵身一跳。这个城市 10 年前后并无质的变化，肠粉和鸡蛋口感寡淡，加班的夜雨报复般倾盆。

在茫茫的静夜里，在小叶榄泛着微光的叶面，于钝处惊觉，原来成长是人生命中最不易察觉的仪式。

热烈，沉静，或者无感，就算痛，痛也是抽丝般的钝感。

凡事如果不是常态，都易生美。

新一期周刊采访的深圳公众人物董超说，他会在凌晨的香蜜湖和朋友吃吃烧烤，喝几罐冰啤酒。经过威尼斯酒店对面的烧烤摊，我贴着车窗，兴致勃勃地看了一看。夜有夜的蓬勃，非常态令人多自省。

编辑说，如果哪一期我们终于做到不加班，请你去你最喜欢的烧烤摊吃烧烤，喝冰啤酒。

成交。

悲剧比喜剧有力，目送比相迎厚重。

相对于重逢的酒楼，我更喜欢告别的大排档。

在士兵通往将军的路上

人与人之间，大约与嗜睡和失眠是一回事。

失眠的晚上我在想，倘若困极，猪圈也能睡着的吧。倘若失眠，一根头发丝的硬度，也足够硌着脸蛋疼。

倘若类聚，倘若喜欢，倘若爱，原则就是我乐意，所有的不美即是美。倘若异类，原则立场世界观价值观立刻武装到灵魂，同学也好，同事也好，同等于失眠。所以，老同学相较同事又美好在哪里呢？相投的，毕业不会令其失散。陌路的，上学时就是路人。

——然而我还是不由地聚了一场相隔10多年的会。

王尔德说，唯浅薄者，才不以貌取人。这话混账了点，在我看来重逢对王尔德脾气最大，它十有八九让登场者以自杀式态度来反驳。那么重逢你告诉我该以什么取人呢？精神吗？被世故搅拌了。仪表吗？被岁月囫囵了。感情吗？被新人替代了。还是以貌取人最直观，那四目交投一刹那的判断，便知道人成长的状态。然而成长又总如此地扫兴，它被主流流氓地篡改为成功。是谁说的？纵使相逢应不识，尘满面，鬓如霜。

岁月啊，生活啊，给我一点点这样的美感好不好。

可是岁月说，那都是文字意淫出来的，现实是，就算老同学分三批来，尘满面的意思也无非是被人隆重地抖一层灰，然后又被抖一层灰，最后那一层，也就买二赠一，自己掸掸算了。好在快乐从来要自找，比如发起者，一边久别重逢喜来登状，一边凑过头问，这是谁？哪个班的？

顿时喜感心头起，魔幻胆边生。

觥筹交错，酒热茶凉，听着那些陈年破事被当作珍珠般拿出来蛋炒饭，旧事夹新词地虚热闹。意兴阑珊间，半识不识的人堆里突然听到自己的名字，有人陪我买过谭咏麟的卡带，有人因此喜欢上谭咏麟，有人说现在唱谭咏麟的歌出神入化。我赶紧识相地笑笑，在心里长叹一声，校长，你造的什么孽啊。

相对于偏自恋的告别，这种展示情谊浓浓的聚会于我的触动几近于无。

默默陪坐的光景，也无非聊胜于无地猜想一下，这些当年与我同为士兵的人，有多少成为自己心里的将军？

悲剧比喜剧有力，目送比相迎厚重。相对于重逢的酒楼，我更喜欢告别的大排档。

和我一起在士兵的路上走得更远的人，因为心里的将军而重择他途。告别的夜晚，天空高得辽阔而虚无，我想起你们，我记得你们来时的陌生，以及告别时流的眼泪——我知道那眼泪经过了动脉。

半年过去，我仍然没有像样地醉过，日子却变得越来越满。

不忙里偷闲会死的我偶尔会想起你们，那些慌慌张张的岁月里，你们以自己的方式表达喜爱的某些细节。相对于同学，至少你们还是我刻薄挑选过的。别说舍不得，也没有对不起。职场宝典教育我们，不要跟同事做朋友。你们非要做，那是你们的错。

2013年居然又过了一半，流逝令人放纵。

但我总也醉不了，而日子，终归是没完没了。

在无边无际的人生里，惊觉云层之上有灿烂。

这灿烂令人无来由地心里一松，

醒过来，又开始新的一天。

远处是磅礴的人间

我在雨里慢慢地蹭。

蹭过车，蹭过树。雨在玻璃上蜿蜒，在伞上成河，世界此刻昏昏欲睡，连台风的排场都懒得讲究了，只有雨。横躺的，倒立的，从意识里分裂的，从土壤里疯长的，钝如卵石的，锥如针刺的大雨。

大雨啊，大雨下不停。

雨幕让人与时空有了割裂感。我停在大雨的尽头，远处是磅礴的，关我屁事的人间。长河般涌动的光滞留在葱翠的绿树之下，雨像乱箭，没脑子地砸向蒸腾的人流。再远处，在很高很高的尽头，苍蓝色的云上骤然裂开金色的光。那光的浓度是炼金的浓度，是让人突然脊背挺直的浓度，我想如果我是脱离了重力的雨，我会拨开雨水投向那光里，然后消融——带着深深的，幸福的叹息。

在无边无际的人生里，突然惊觉云层之上有灿烂。

这灿烂令人自律，令人肃然，然后没来由地，心里一松，突然就觉得这个总也热不上去的夏天太过漫长，令人闷闷不乐。我打开电视机看第二季的《中国好声音》，那的确是我认为现在唯一还能看的选秀节目。所有人的人生，无论被选的还是在选的，活像猴子掰苞谷，无非是一路丢一路找，一路想着眼前及时行乐的快活，反正那快活里煎熬着苦——感觉如此强烈，是因为我在这节目里感受到了一些梦想的意思。

可乐上的泡沫，火锅上的辣油，在我看来都是锥心的痛和快乐。

这世上很多事物会消亡，但流行音乐不会，因为它最直观，最酣畅，最通俗地抵达了命运。全世界最著名的选秀节目《美国偶像》选出的最著名的选手 Adam Lambert，带着浓得化不开的黑眼线和漆器　样光亮的黑甲油，以及与前情人的舌吻照，一路狂飙在他那直刺灵魂的男高音里。不见得有多美，但也能确切地感受到粗俗中敏感的刺痛。

这一期的李永铨说：我会很俗地告诉你，年轻人一定要追梦。

有什么俗不俗，这从来都是一个说也说不完，说了也白说的话题。

而蔓延在 7 月的雨，像是沉闷人生里最贴心贴肺的暗黑隧道，下也下不完，下也下不完。万宝宝说，夜是脏的。而我只觉得乱，白天纷扰的乱都沉淀在暗黑里，昏昏睡过去，梦里进了一个公园，霸王龙在追赶小腔骨龙，猎豹温软的肉垫从我头顶踩过，一群暗红的鬣狗，它们居然组建了一支乐队，兴高采烈地胡吹海唱地逡巡而过。公园的入口，总编大人教育左编说：你怎么能不入党呢？

我头一晕，打算此生老死梦境。

在无边无际的人生里，惊觉云层之上有灿烂。这灿烂令人无来由地心里一松，醒过来，又开始新的一天。

而远处，是磅礴的人间。

当周身的黑暗越来越黏稠，

我们会下意识地看看旁边，

一个人吗？不至于吧。

同伴比我更皮实吗？但愿吧。

一次黑黑，黑黑的穿行

在深圳，如果想去看看海，你需要穿越诸多隧道。

在长短明灭的穿越之间，时间变得可视，身体的感知更为纵深。这种时候总让我想起看过的一本绘本《獾的礼物》，在那本薄薄的图画书里，一只年迈的獾拉上窗帘，坐在火炉前心满意足地等死。画面上，这只老獾踉跄地奔跑在没完没了的隧道里——我记得那隧道，走也走不完，走也走个完。前面的视界永远像是立在原地一样的复制和复制，开始和尽头全无二致，全无新意，又令人忍不住地心生向往。

这感觉伤心又美妙。

须臾间穿过，又须臾间进入，隧道接天连日。在潮腥的空气里，连天阴和晴都是突然的，即兴的，令人怅惘的。这一个洞口砸下来的雨，在下一处出口又被天空烤得空无一物，亮白无肝肠。

要看到海，等到开阔，就要经历漫长的穿越。这个城市把自己活得像一则寓言。

漫长永远在当下。空洞，单调，逼仄，重复，自省，这就是漫长。漫长滋长焦虑，焦虑催生渴望，走隧道的情感丰富度，远远超过太阳底下。

我们常常自觉不自觉地就走在了隧道里，失恋，失业，失至亲，失去一切我们以为不会失去的事和人。后来隧道走多了，才知道这是生命的常态，只是长短有别，浓度不一而已。当周身的黑暗越来越黏稠，我们会下意识地看看旁边，一个人吗？不至于吧。同伴比我更皮实吗？但愿吧。我们伸出手，摸到的是一手黑。我们的视线干涸而眼泪温热。我们大声唱歌，于是发现自己的回声真是出奇的美。

怀揣一颗总要过去的心，在隧道里就能找到乐趣。比如在逼仄的情境下，人的性格被榨得汁水四溅，酣畅淋漓。我喜欢在隧道里围观那些总有本领把悲剧演成喜剧的人，那血液里汩汩涌动的乐天会令人免于自怜，甚至忘记隧道的漫长。我喜欢和没心没肺的人在隧道里举着手电斗地主，如果黑夜之后还是黑夜，无非是充好电，让心上面照着那一点点微光，感受到搏动，其他的，交给命运好了。我还喜欢在隧道里和豁达的人聊天，甚至喝点酒，那会令黑有了丝绸般的体感，令伤口顿生销魂。如果这些都没有，也不妨碍我就地坐下，抬头看看穹顶的黑，再看看周身的黑，黑黑地哭一哭，或者笑一笑，想一想都好，而隧道外天光四蹿，这画面，总令人无端觉得美。

每个人惯常强化自己在黑暗里的茕立，而事实上，稍微有一点空间想象力，就会意识到就算是每一个人的孤独也足够让隧道变成热闹繁华的市集。有的人走得快，有的人喜欢慢慢来，还有的人甚至会停下来，干点别的事，但隧道里的黑推着人往前，向光，永不淤堵——我们无法再置身于同一条隧道，而每一条隧道的黑所包裹的体感都不尽相同，想至此，忍不住转身，背着洞口的天光，看一看极目之处，心有余悸、永不再来的黑。

令我们飞速成长的黑。

2014~2016
最烦高情商

有时候我整年无所事事，

有时候我一个月飞奔如数年。

什么叫有意义？

意义是一本账，在每个人的心里，春夏秋冬不同，热胀冷缩不同。

我们活着都在寻找意义，这不关情商智商的事。

多问个为什么，

至少你会成长得安全一些。

最烦高情商

很烦动不动就把情商挂在嘴上的人。

克制，平和，不抱怨——只有反正活不过来的雷锋和久旱的蜗牛做得到，据我所知，一下雨，连蜗牛都是有些小激动的。还有，动辄保持好心情，微笑，这是要拍遗照的节奏吗？

人类发明情商不是为了消灭情绪吧，连吃饱了的猪天气一冷也有莫名的懒怠。那些总说控制不好情绪的姑娘，你们是想像处理阑尾那样，一刀把情绪给切割了吗？然后呢，像个机器人还是要没血性？可是连瓦力和 ET 都知道感伤。因噎废食，给自己的情绪装控件，这本身就是低情商行为。身体没有一个零件是多余的，配备了情绪，就是用来发泄、调整，然后像个铃声清脆的闹钟，继续啪嗒啪嗒，消磨生命。

　　生命漫长起来挺不要脸的，如果没点千锤百炼的情绪来好整以暇，蠢到真用情商那些心灵鸡汤的词汇来打发：宽容，赞美，聆听，每天进步一点点，只做有意义的事情——听上去都无意义到想死。

　　为什么要每天进步一点点？有时候我整年无所事事，有时候我一个月飞奔如数年。什么叫有意义？无所事事带来了幸福感就是有意义，按部就班带来了厌倦就是无意义，意义是一本账，在每个人的心里，春夏秋冬不同，热胀冷缩不同。我们活着都在寻找意义，这不关情商智商的事。满足感有时候就是图个我乐意，真厌倦这个世界人造出越来越多其实百无一用的技术指标。

　　还有两种高情商，特别烦人。

　　你高兴，他微笑。你愤怒，他微笑。你迷惘，他微笑。你哭泣，他微笑。每天保持好心情，以为自己是弥勒佛吗？如果这是修养，那差一点也罢。以后妈妈说过的话里面要加上一句，从不袒露情绪的人很可怕。通常，傍上老男人的小妹妹们对此应该深有体会。

　　另外一种，更生厌。动不动上一点云淡风轻，一起床就保持对全人类充满自律的克制，对世界充满智慧的平和。对和错要从梅林水库绕过罗浮山，再到大梅沙的浊水里打个滚，爬起来的时候，俨然是公知的样子了。

　　凡事被高大全得厉害，就特别没劲，特别男权，千百年如此。冯梦龙要杜十娘跳江，她不得不跳。多问个为什么，至少你会成长得安全一些。

　　那些处心积虑想要高情商的姑娘，点点滴滴做事，踏踏实实做人，忍无可忍就发作，恕无可恕那也就怒从心头起，只要保持那点绝不恶向胆边生的底线。生存智慧都是狡黠的，别信那些扯淡的技术参数。

　　要保持你心底的快乐，它常常不由情商决定，不由智商决定，不由任何外力决定，它来自与生俱来的直觉。

　　祝你保持欲望，保持虚荣，保持愤怒。

腊月清祀，岁更始。

可长歌，可醉饮，唯不可离去。

无趣是万恶之源

从此萧郎是路人。

有一天这半句诗从早上开始就在我心里过不去，低头抬头都过不去，于是手贱地百度了。万恶的真相马上报应了我：崔郊这个男人看上了姑妈的一个丫鬟，而丫鬟被卖给了一个显贵。本来崔郊也就怅然之，但促狭的命运让他某日偶遇了这小丫鬟，男文青一激动于是就侯门一入深似海，从此萧郎是路人。还取了个名字叫《赠婢》。

赠、婢——还不如直接叫绝句好了。比起诗里的荡气回肠，名字之可憎，之懒得动脑了，可见崔郊哪里是爱那小姑娘，分明只是顾怜自己那点相思而已。

真相好无趣。

更无趣的是，那个显贵"被诗里的深情深深打动"，把小丫鬟转手就送给崔郊了——难怪小时候课本里都要写万恶的旧社会。相比起来，萧郎的典故要有趣多了——没办法，女人对男人的喜爱要纯粹和干净得多，哪怕只是追逐个皮相，也不惜血本，义无反顾——虽然，有些时候看上去也的确是蠢，但一马平川地聪明着活到死又有什么意思呢，有时候自蠢也是漫长人生里心血来潮设的哏，有事没事乐给自己看的。

办公室被水淹，要重铺地板。于是我兴高采烈地搬家，总有好事者探头问，你要干吗？我朗声回答，辞职了！

话一出口，浑身顿生轻快，仿佛地球失去了地心，又仿佛灵魂被刀给割掉，痛快得连自己都要相信这是真的了。

只是没想到马上就被紧紧地拥抱了。

我被抱得有点背过气去。下巴在他人的肩膀上顶得生疼时，我被迫看着发白的天花板，心想这是多想我走的节奏，还附赠闪闪的泪花啊。我只恨自己情深不够，不能一蹴而就题首《赠婢》送他。然而只一瞬，心里傻乐着乐着就有些不能清扫的萧条了。

无论多么不舍，一场背过气去的拥抱之后终归要散场吧；无论在这本杂志里相守多少年，每一场看似波澜不惊的，成长的暗涌之后，也或者一场所谓的纸媒革命之后，再或者总有那么一天，从此萧郎就是路人了。以为多过不去的一不小心也就过了，以为忘不掉的一场病就拉倒了，以为总放不下的时间都会让它滚一边去。然后老杜甫还要火上浇油地说，尤其是射手和天蝎，此伏彼现，永不相见。

我坐在阴霾的旧历年底，想象你们收到杂志的那个情人节，据说那一天恰好是元宵。趁着还在一起，要相守就有趣地守吧。男女关系中，分手不是最难过，无趣才是。其实但凡关系，最经不住的无非是最后一句"回头细想真无趣"。所以中西合璧的那个情人节，有趣的情侣们，祝你们一夜鱼龙舞。

而我，我在岁末翻箱倒柜找出一把软毛刷，将五脏六腑刷得四壁通明。我还有能量让自己想起其他的一些好东西，比如最近很红的国历里这样描绘的年底——腊月清祀，岁更始。可长歌，可醉饮，唯不可离去。

就是说，都年底了，管它的，去 K 歌，去喝酒。但尽其所能，我和我认识的神经病们喝也喝不醉，唱也很阑珊。我总也无法清醒地明白，怎么可能不离去？

我在深夜的深南路上仔细地数着灯笼，仔细地数过去，数过去。车快过我的意识，飞快中，我气若游丝地想，明天还要写卷首——有的时候，人无趣起来，真是一点办法都没有。

无趣是万恶之源，相信我。

穿得漂漂亮亮，

然后去做所有你想做，要做，必须做，不该做，

以及可做可不做的任何事情。

去平原上做富人的孩子

要活了很多很多很多年——就是我现在这么多年，才知道当被人问起有什么爱好，答阅读，是多么深的一个误会。以至于在以旅游与阅读为永不犯错、终身文艺的爱好双刃剑里，显得自己那么泯然众生，那么低端，那么没脑子。

比阅读更真实的爱好是什么呢？就像闪电非要划破夜空，就像洪水非要漫过平原，就像爱上一个人就非要花光他的钱，直觉从灵魂的深处香甜地涌上来，噼啪作响的三个大字：买一衣一服！

在漫长的 10 多年前，总之就是又小又穷的那个时候，我站在一件 2000 块的衣服面前，看。吃完中饭去看，晚饭后又去看，下雨了撑着伞看，天黑了踩着黑看。看得妈

妈愁肠百结，一咬牙就给我买了。后来，我这样看软过爸爸的心肠，看软过某人的心肠（这个故事告诉我们，那些总能为你软心肠的人，是爱你的人）——哪怕他们回到家惊呼上了恶当，纵容了所谓骄奢的脾性。反正后来，命运为了证明我的完胜，就让我在锦衣堆里完全自立了。

你看，阅读能推动这样的生产力吗？阅读让人回归、自省、宽广，阅读还要让人朴素！外貌界界定的朴素，就是穿着一身难觅的好衣衫，明明精心却显得随性，明明刁钻人家还直夸你朴素，那种吃饱了撑着的无聊，阅读哪里懂！

阅读是内省的，它连汹涌都那么有腔调，搅得五脏六腑都浮在空中，总也落不回当下，又或者，被当下困着，总也回不到躯体。而买衣服！天哪，那是多么世俗的，热腾的，当下的，激情的，现实的快乐。你的喜悦和你的身体紧紧捆绑在一起，如果还能体贴到有一个气质美妙的试衣间，如果还能选到一大堆！那种在幽谧空间里饱胀的快乐，其纯粹程度能让身外的世界全然退后——注意，是退后而不是隐没，它真实地存在，但已经没有什么值得介怀，没有什么不能原谅。这种酣畅，总让我想起很多年前在哪里读到过的一句诗：去吧，去平原上做富人的孩子。

当年读到它的开阔在试衣间里被唤醒。富人，不是粗暴的富裕，是万物充沛，空气、人心、光线、雨水都饱有琼浆，充满乐善的富足。没错，买衣服给了我超然物外的喜悦，这简直是悖论，但女人如果太过明是非，讲道理，那还要男人做什么呢？千颂伊不够脏乱差，都敏俊都不用来地球。所以姑娘们，不要理会那些什么轻奢、高街、大牌、外贸、买手、小众，那都是假专业之名装自己的门面，衣服只有一条界线，好看与不好看，在这之上，就是买得起和买不起。

好看是修炼出来的，买得起也是。

穿得漂漂亮亮，然后去做所有你想做，要做，必须做，不该做，以及可做可不做的任何事情。等老到像胡因梦那样的年纪，也能有腔有调地说，年轻的时候总是追求漂亮，等到老了，才发现那些没什么意义。

怎么没意义，能有底气地这样说，就是意义。

有些道理，青春期就可以从别人的经验里规避；而还有一些道理，我们得像胡因梦那样，让自己成为经验。

最后，以上所有的前提是，好书和靓衫，其他免谈。

就像钱就是用来花的，

爱就是用来辜负的，

人生就是用来摧毁的。

心就是用来偏的

一想到是冒着生命危险坐在这里赶卷首，我就被自己深深感动了。

然后有一种凭空而来的虚热劲头，促使我开始说话——其实大多数时候，人更像一只散了黄的蛋，有为什么要说个不停的疑惑。

既没有旅游的好品德，也疏于见识什么所谓的世界。只想东游西荡，城南喝汤，城北跳墙。太阳照着身体，像一团棉絮，光一照就膨胀，雨一淋就收缩，风一刮就连滚带爬掉到水里，心满意足地下沉。

差不多总在这种时候，那种巨大的雷暴就像一支要动手已经很久的军队，破开云层倾巢而来，浇得我不得不坐直了身体。在白茫茫的水里，因为精神过于集中惊醒了自

身的存在。仿佛一声令下，四处流窜的蛋黄瞬间聚拢，不
费力地又是一只完美的，流光的，新鲜的，活泼的，充满
生命弹性的诱人鸡蛋。

人有目标的时候不多，在大雨里赶卷首要算一个——
而每年总会有那么一两次，忐忑地假装看不见路旁被淹的
车；绕开被汩汩积水顶开的下水道井盖；车开过熟悉的路
面，飞起的水幕吓了自己一跳。

惊魂未定地打开 Word 的时候，所有搭错线的神经都
回到了脑袋。各位小姐，雨大到这种程度已经足够我没顶
了，我想沉没。我厌倦了这种形态，厌倦了用各种方法来
促使自己抵达它。

坚持完今年，我将和卷首告别。

谢谢你们这些年为我偏的心——虽然我知道心就是用
来偏的，就像钱就是用来花的，爱就是用来辜负的，人生
就是用来摧毁的那样，因为你们偏爱，所以我在大雨里都
有了无知无畏的窃喜，有了妙不可言的虚荣，也有适可而
止的自知之明。

心就是用来偏的。

我们常常说不喜欢偏心，无非是那颗偏着的心，常常
离自己有点远而已。可是一到了自己的心，又动不动就偏

得离了谱脱了地心引力。那些迫使自己非要去偏爱的人，是无常人生中想起来就要笑的幸福，哪怕在荒芜的大雨里，在逼仄的空气里，在，漫长到犯困的人际中。

凡事不劳而获，对不起好奇心。

凡事好奇心过甚，姿态不美。

河妖招来山鬼

再蛰伏的生活，都还有蛰伏的暗流。

一个人想着什么，生活将出现什么。你说没有，那是你眼盲。很漫长的时间我沉在水底，远离水面的速度，这是想多过做，抽象大过具体的几年。十分冷淡存知己，我不喜欢"知己"这个词，但我的确存了两个奇特的人。对此，我出于本能地认为，是河妖才招来山鬼。

一个是占星师。那种博士级别，给英国占星学院院长当着助理，用英文写着专业占星论文，然后被学院授权在中国大陆地区开设星座培训班的，占星师。

大概是两年前，我熟悉的城市到了一年中最好的季节。凤凰花汪洋般地覆盖了错综的街道；荔枝树上，果实旋风似的膨胀。雨水过后，云薄且透，虫鸣鸟应，所有的叶脉受了蛊惑般，偏执地命令树叶直指涤荡过的天空。不可避免地，冷热交替让扁桃体发炎了。发炎令我甘之如饴。我痛苦地咽一口口水，嘶哑的嗓音让自己有了陌生的快感，带着这点自虐的戏谑，我和她玩了几把塔罗。

她很认真地给了我一张关于我的星盘。

我拿着，对着光疑惑地照了很久，然后还给她说，看不懂。再然后成为朋友，她涉入我的生活，我是说精神层面，对我造成影响的那种。

作为一个占星师的朋友，我只记住了一句话：冥王星二分天顶。

"这一两年你冥王星二分天顶——"

"请直译。"

"冥王星过境，寸草不生。"

我望向她，她事不关己地看着我。我看到的是摧毁，她看到的是重建。

我忍受着被这样一个刻薄星宿打扫的痛苦，并告诉她，我最偏爱的作家毛姆说，"主动倾诉会让我尴尬，我喜欢自主发掘人性，然后冷静地发笑"。我展示这句名人名言的意思是，在能忍受的痛苦程度内观察自己的无力感，看着重建的不耐与毁灭的快感并存，是对自己最大的刻薄。有时候，在穿越巨大且漫长的森林时，这种自嘲的快感能让自己从预设的心理终点又重回起点，打起精神又是一天，熬不过我总有力气往前走。

一两年飞快也就过去了。我摧毁了什么，重建了什么，似乎都毫无动静。太阳照着时间，时间流过我。我喜欢的人和事还是那么少，我买的衣服还是那么多。只是当你知道某一个人在某种程度上可以多少预知某事，就会有了某些蠢蠢欲动的时候，好奇心这把刀，割破了世上很多趣味。我会在那种结果论爆棚的时刻飞车前去抓住她，然而抓到那一瞬，我手一松，笑一笑说没有啦，就是想找你玩。

我们喝茶，聊生活中共有的感触、喜好、烦恼。然后到点告别，投入各自的河流。

我猜她看出了我来的初衷，我也感谢她从不点破。凡事不劳而获，对不起好奇心。凡事好奇心过甚，姿态不美。

凡事不过。坏自然不易过，好其实更不能过。过则无趣，无味，无余地。

那些关起门来，把自己摊成泥的时候，请记住死水也有微澜，而微澜的美感取决于你的姿态，过力则浪，过疲也软。

还好她只是嫌我没变成刘同为她争气，

没要求我是龙应台已经是大赦了。

如果有一天，你喜欢上了毛姆

世界自有方式令人意外。

我坐在房间剥莲蓬，外面，接天莲叶在麦芒般的光线下筑出巨大的阴影，像某个绿巨人随时会来敲门。蝉在叫，小表妹坐在对面，迫不及待地要跟我聊人生。

"姐姐，你喜欢龙应台吗？"

"当然。"

"那刘同呢？他们都是我的偶像。"她说。

我抬头望她一眼，心里困惑，他们之间有可比性吗？

"你带我去见他们！"

"不能。龙应台我见不着，刘同，你自己去见，又不是我的偶像。"我继续剥莲蓬，20 岁前我拼命想去见的人只有谭咏麟。表妹比我有文化，还比我老练，她知道求助，而且对象精准。

"你到底每天在做什么，姐姐？我搜你的微博，你没有。我搜到了你好多卷首，我喜欢你，但是我又不知道怎么跟我的朋友介绍你，你什么都没有，你出书了吗？你看刘同，到处都能搜到他。"

我被这个互联网时代的 17 岁女孩怄笑了。还好她只是嫌我没变成刘同为她争气，没要求我是龙应台已经是大赦了。好吧小表妹，既然你还能搜到我的卷首，那么你的成人礼，作为你没出息的姐姐，也只能送你一篇卷首。

我很清楚你视我为偶像。因为近水楼台的关系，我也很清楚你希望在被互联网撑大了欲望的时代，有机会成为所谓偶像的我能最大限度满足你少女的虚荣心，能让你在你的圈子里有值得炫耀的谈资——少女时代，文字偶像是很容易被笼上光环的。

可是博客时代，因为不喜欢群居，也因为对形式敏感，不能忍受在别人设定的界面上表达，我注册了一个域名，请人设计了我想要的模板。这么多年，我常常一整年都不登录，但每一年我都为它续费，甚至在丢失了之后花钱赎回，因为那里有我喜欢的表达方式。就算沉默，我也会让它存在。

微博时代，我不喜欢碎片化的文字以及模板化的界面，所以至今没有。

微信时代，某一个午夜 12 点在医院吊水，心里突然有表达的欲望，于是申请了一个公众号，可是里面一片空白。

表达仅仅是因为我想。是突然的，即兴的，转瞬即逝的——那才是我的方式。

你可能听不明白。这个世界有两种成就文字偶像的方式，一种出乎天然，表达来自表达本身，开始是渴望，是身体的一部分，后来成为坚持和习惯，成为生活方式，比如龙应台——说她是文字偶像，其实是贬低了她。还有一种是目的明确，寻找一切机会表达，比如刘同。但无论哪一种方式，都需要勤奋。

表达在我，既无明确目的，也无强烈渴望，勤奋程度来得还不如买衣服强烈。中信出版社约我出书的一年时间，因为坚持自己的方式不肯改动，因为缺乏动力所以很拖拉，最后只能解除合约。我不具备让出版社妥协的声名，但我也没可能为了哪怕不全是我而妥协。

你可能会说，为什么不先妥协，然后为未来获取不妥协的权力。

除非我在你这样的年纪，在我对名利因为懵懂而格外渴望被证明的年纪，现在，作为太明白自己要什么的人，过于用力的表达只会让我不舒服。

这样表达我，能让你扳回一点面子吗？

买一送一，这期还有一个你的逆袭偶像的专访。我认识刘同，也曾经改过并刊登他的稿子。聪明，野心，勤奋，目的明确地渴望成功，那是他的表达方式。在我看来，以自己想要的方式表达自己，就是成功。我从事的工作是一个造就文字偶像的工厂，在这条流水线上我见过太多硬币的背面，如果你需要，且确信自己有这个资质，欢迎你加入。

对世界充满挑战的姑娘，我能给你的，远比你以为的少。因为我相信命运自有表达。

最后，真高兴你喜欢龙应台，我好奇她打动你的书名，甚至段落，以及句子。如果有一天，你能喜欢上毛姆，我会更期待那一次的，完全平视的聊天——如果你走过少女时代，还能保有文学的心肠的话。

总要能有一把扇，留到人生那些如汤煮的时候，

从老心脏里拿出来摇一摇，想一想，摸一摸，

熨帖一下灵魂。

把扇摇

多年以后回头看现在，我想我会无比怀念。

无所事事，无方向，每天最大的动力就是寻找游荡的地点和人物。这种状态因为非常态而无法持久，因为不持久才珍贵——而此种珍贵，也必须在失去之后。至于当下，人人都说努力是标配，热火朝天时做闲人会有愧疚感。

别问我愧对谁，我要是知道的话一定提着小酒去道歉了。

因为不知愧从何来，老让我抬头吹着天空的小风时，很陡然地想起一句诗：农夫心内如汤煮，公子王孙把扇摇。小的时候，在课本上学到这首诗时我笑得格外开心，白描和对比用得太传神，以至于后来写作文，我对白描那个上心，《红楼梦》都没起到这种立竿见影的作用。应该

是从那时起，我对"把扇摇"的意境悠然神往。三个字的倒装句里赋予的想象力，就像那句什么话来着，一千个人心里有一千个哈姆雷特。

说到哈姆雷特，一个王子苦成那样，当然，肯定比弹钢琴的王子郎朗要苦得深刻，但就像知乎上那句回答，永远不要相信苦难是值得的，苦难就是苦难，苦难不会带来成功。磨炼意志是因为苦难无法躲开。

是苦难在磨炼意志吗？可是被苦难消磨掉的人总会更多。人闲的时候，你会发现虚空一样磨炼心性，真正磨炼意志的其实不是境况，而是自省。但如果可以选，相比被汤煮着自省，那还是把扇摇着自省吧，怕疼，怕苦，怕仇深，况且在我的臆测里，总觉得前者被动，后者主动。

把扇摇。

就是个闲人。我喜欢闲人，标配是要有趣。如果再锦上添花加上"富贵"这个定语，真是，好想用一下"完美"这个词。总要能有一把扇，留到人生那些如汤煮的时候，从老心脏里拿出来摇一摇，想一想，摸一摸，熨帖一下灵魂。

作为一个活在当下的人，立夏一过，寻花问柳。

不想写了，要去做闲人。

日子像兔子一样奔跑，

我抓不住它一对贱耳朵。

一记耳光在心里没了方向

《红高粱》里有一件事震惊了我。

话说周迅扇耳光的本领，是天生的，还是后天师从高人？打自己，啪！打老公，啪！打流氓，啪！打小三，啪啪啪！回首我单薄的一生，别说甩人耳光这种要动手的大事，就连吵架这种动动嘴皮子的小事，我也没当过哪吒。所以我对湖南人引以为傲的"打落牙齿和血吞"的气概很不以为然——明明就是哑巴吃了黄连还非要意淫。半夜憋得肝疼时，我也辗转反侧地想，为什么这句话当时不那么说，那句话又怎么不这么说。可说来说去有什么用，电光火石间，人家九儿就知道干脆一耳光了事。

人生如白驹过隙，而我一直停滞在"如果一耳光出去，扇空了可怎么收场呢"这种耻于见人的揣度里——可是，扇空了怎么收场呢？等着被人扇，还是手起刀落再来一巴掌？

这是多么具体的一个问题，又没本事像周迅，拿着七七八八的人排队练手，啪啪啪，人生不过如此，啪啪啪，从此练就一手神技。或者应该去壹读还是知乎上提问？可是他们给的答案从来都是纸上谈兵，甚至会让人自取其辱地说，找个人练练手就好了。这种站在岸上羞辱人的本事，我也挺拿手。

而我最神往的，就是落在水里也能制胜的真本领。

可是我也像很多很多很多人一样，痴长到现在都没有直接跳进水里的胆量。有人怕溺水，有人怕冷，有人怕被围观，有人怕近身肉搏，而我最不能忍受是掉进水里姿态的不堪。就算泳衣再浮夸，胸再娇俏，肌肤再多汁，惊惶失措那一刻就越轻浮，不洁。世上哪里找姿态好看的吵架呢，从躯干到脑袋都陷入逼仄的泥沼中，并不得不将挣扎展示给看客。那场面，即便是冷静刻薄者，也无非是胜着狰狞，是好没意思的事情。远不如站在岸上，衣冠禽兽地做看官，看他人之丑即自身之丑，然后长叹一口气，思想之光要战胜肉身之美，来日方长呢。

所以哪怕扇空了，也还是一巴掌来得干净。

问题是，你又不是九儿，拿什么保证不被反抽一掌，进而变身大肉搏呢。所以想象力再不能自拔，也不要把生活演成一出戏。

也就是说，闷骚着过吧。

这是我卷首的第 8 个年头。一直以为道貌岸然地在岸上，原来体无完肤在水里浸了 8 年。我朝着漫长的 8 年，虚拟了一耳光——啪！日子像兔子一样奔跑，我抓不住它一对贱耳朵。

爱无非一个字，作。

小作胜初见；大作如初夜；

作累则当婚；不作者，不爱。

懂多则易老

谈恋爱这种事，越老就越是个技术活——

当先天的配额越来越少，后天的技术含量势必越来越多。技术这种东西，理论上是技多不愁身，但事实上熟才能生巧，懂多则易老。

可恨的是，就现在收到的绝大多数邮件来看，熟还未必生得了巧，反而在不可抗的时间沼泽中，越来越不知道爱一个人的滋味。不知道要进还是退，攻还是守。这种揣摩和忐忑透着心酸。所有攻守的概念，无非是爱的感受过于绵薄，只能把男人完全当成一场仗，还不知道怎么打——真是书到用时方恨少。

我们所受的教育本意是想教会我们找工作，但确实没有教过我们找男人。以至于岁月蹉跎，当女人意识到男人和工作都一样重要时，这个世界也并没有应运而生大批的合适男人，而是配合我们从小的教育体系，市场化一批远远多过男人的情感专家、心灵导师。他们完全无视女人需要的是一个男人，而是在寻找男人的路上套牢她们，成就自己。

姑娘只好来信，在"我该怎么办"的句式中，加入了"到底"二字。

如果问一个文字工作者就能搞定男人，建议去问写诗写红的余秀华。诗境如情境，人家至少写出：我是穿过枪林弹雨去睡你 / 我是把无数的黑夜摁进一个黎明去睡你 / 我是无数个我奔跑成一个我去睡你 /……

打死我，我都不具备这样的想象力和能量。

凡属无法约束的，无关法律、权威、道德，无可名状。还能怎么办，只能是想怎么办就怎么办。爱其实跟写诗是一个道理，离不开死作。只是写诗只用跟自己作，而恋爱，是要找一个人，还是一个男人来作。这种挑战性，这种诱惑力。唉，听起来，如果少壮不努力，老大真的只能拼手气。

恋爱是一场互相的探底。有爱的拼爱，无爱的拼技术。不敢作，无非是拿到手的爱不够。那也没关系，可以拿自己的爱来作。这个世上，因为被爱而被拿下的男女遍地都是。怕就怕给又给不出，拿又拿不到。放在锅边上陪翻了几道，李宗盛一定会告诉你，人生真的就这样了。

爱，得不到就给，人生总要有被燃烧和燃烧他人的夜晚。总不能巴巴地看着，被随处可见的，别人的爱火榨干了自己的美。

爱是没法理论的事。

情感大师说，没有很多爱就要很多钱。可这根本不是悖论，这个世上多的是有爱又有钱的姑娘。它不像大师说的那么苦大仇深。

你们问我关于爱的问题，我只能说——

姑娘你想多了。

爱这种事，一人一层理解，在我看来，爱无非一个字，作。

小作胜初见；大作如初夜；作累则当婚；不作者，不爱。

过一个，一个人的，孤独的新年。

在你即将告别的城市。

我要回到我的鬼地方

昨天有一个小朋友坐在我房间，外面下着碎粒的冬雨，为我们谈话的气氛锦上添花。他说，想过年回老家后，就再不回来深圳了。

这个城市这两年变得有点不认识了，变得高不可攀，所以我可以理解他。说好的来了就是深圳人，说好的这里不是故乡是主场，结果房价疯涨，车辆限牌，一翻脸就变成了战场。

我很记得三年前他来求职，干净的牛仔衬衫上平整的双肩包，羞涩的笑，不懂得生气的语速。他在楼梯间偶遇我，和所有来深圳的小朋友并没有两样，无非是要做自己喜欢的事，要趁着年轻看世界。

时间在这三年并没有给他留下变化，干净的笑脸上整洁的头发，不懂得生气的语速。但我要回去了。那个鬼地方，他说。那个鬼地方有父母，有发小，有盘根错节从小到大的关系网，那可是武汉，然而他说起来，总要拿第一年看到的深圳比。大约一开始太美好，结尾的失落就会超重。

"以后还有出去的打算吗？"

"没有了，认认真真找工作，或者认认真真做点自己的事吧。"

我很想说，你一直活得很认真啊。虽然数年间，我们聊天的次数加起来都不会超过 3 次。但有些人的认真就像随身带着，哪怕一个微笑都是认认真真，一丝不苟。

我们都很节制，没有让遗憾变成抱怨。

我想他回去，应该不久就会有女朋友吧，然后结婚，然后父母妻儿，人生最终都是殊途同归，所以我会特别观察过程的美感。

"这三年你有单独在深圳过过年吗？"

"没有，去年熬到二十八实在受不了，回家了。"

"那这最后一个年你要不要在深圳单独过一过？算是对某一种，生活方式的告别？"

他望着我，我想我触动他了。

就像一个 18 岁的少年急于展开某种生活，而迫不及待地，全然不管伤害地跟故乡告别一样，当他们长到更大，又急于结束某种生活时，往往会忘记，这种结束意味着和某一阶段的自己告别。这种结束甚至意味着，少年的结束，青春的结束。它和年龄没有关系，它是状态。而在时间的河流上，状态是一种一旦你意识到它存在，往往就意味着即将被新状态覆盖的事物。

既然要告别，那就彻底一点，姿态更好看一点。回到你的鬼地方，将来儿女成群时讲起来，更有仪式感一点。

过一个，一个人的，孤独的新年。在你即将告别的城市。

是不是看到这句话，你都会心生向往？

迷惘的时候，让迷惘更放纵一点。要结束的时候，让结束伤我更透一点。这样，才好不回头啊。

用最决绝的自己，去旁观这个城市最脆弱的时候。跟曾经成全过你的城市告别，跟胸腔里那个孤胆英雄式的自己告别，然后，头也不回地扎进热腾腾的人群，像平凡人那样开始。

世上有的是听不懂的聪明，没有看不出来的蠢。

可是适当的蠢，又是多么有必要的聪明。

姿态决定努力的美感

这一年我很忙，手头在忙，心里却空荡荡了一年。

一个人在什么状况下脑袋像在旷野里吹大风，刮得片瓦不存。于我来说，一是过于幸福；二是迫于迷惘。我想我两者兼具。幸福不好拿来炫耀，那么就说迷惘——当年纪大一点，会觉得适当的一点谦虚能增加颜值，显得慈祥啊。

我从不怀疑好文字的价值，可我质疑它现在的生存方式，无论它是数据化，还是纸质化。每天我们看那么多的公众号、微博、豆瓣。当然有好东西，量大了，好和坏的概率都高了。可是我再也找不到读得鸡皮疙瘩哗啦掉一脑门的那种痛快了。海量的碎片阅读，击碎了纸质阅读的慢。

慢，带给我们的深入和安静，是鸡皮疙瘩的根源。

可是纸质阅读又能有多好呢？至少我不满意这本杂志已经很久了，更不耐那些畅销书榜的心灵鸡汤，厌倦每一期爱情吃饱了撑着的兜兜转转。纸质阅读充斥的功利和焦虑，已经剥夺了快感，速度跟不上数字阅读，而质地又因为追随速度和利润变得差劲。好空虚的时代——遍地文字，却再也读不到把心脏翻转过来，再用烈酒涤荡的酣畅。

我一度想为它找到一种更为令人激动的生存方式，那是一种怎样的方式？真没想好，又真不想否认自己的聪明——让心脏激动早就变得艰难。天哪，让我承认老比承认笨更难。

还好能够停下来。

停止思考，停止交流，甚至停止学习。偷懒，闲逛，挥霍，无聊，也在渴望的时候看一些从前好奇但嫌麻烦的书，愿意的时候想一些从前觉得没什么价值的问题。要想方设法让自己觉得安宁，大约这是解决迷惘的根本。

我们会一直通过这本杂志，或者通过它其他的形态来相伴吗？

不知道。也许是你们离开，也许是我离开。坚守时的无比有力，在放弃时也会同样有力（拜托不要理解为这是某种暗示，这样会妨碍我们的默契）——前提是必须在自己不迷惘的时候。迷惘时理当少说话，世上有的是听不懂的聪明，没有看不出来的蠢。可是适当的蠢，又是多么有必要的聪明。天生不喜欢下落不明，不能活着却像是死了，何况就像无话可说时的不说，我知道说起来，我也算是个好话痨。

这一年，错过了几封本该必须要回的来信——写得那么有趣，那么对我的胃口，却仍然石沉大海。那些在我心里溅起的水漂，就像我曾经给过你们的，以为忘了，必要的时候，又隐隐地还在。彼此都免谢吧。

这段时间，虽然不够努力，但我仍然认真和爱美。

你们一定要比我努力。还有，不管喝水还是喝咖啡，记住姿态决定了努力的美感——

虽然从此无卷首。